Seba・蝴蝶

Seba · 蝴蝶

Seba・蝴蝶

Seba・蝴蝶

Seba・蝴蝶

Seba · 蝴蝶

蝴蝶館 73

姚夜書

下卷

Seba 蝴蝶 ◎ 著

目次

姚夜書 第三部·歿世

楔子……006
第一話 首欲飛……010
第二話 棺生子……036
第三話 眾生微塵……064
第四話 相逢……094
第五話 歿世……111
作者的話……133

腳步聲

楔子……138
第一話　腳步聲……140
第二話　殭尸……187
後話……202
作者的話……207

姚夜書
第三部・歿世

楔子

轉院的時候，我正發著高燒。

鬱結事件重創了我的健康，甚至讓我的體質起了更深重的變化。我變得更接近鬼而不像是個人了。

熬著高燒的痛苦，我在楊大夫的攙扶下，上了救護車。

至於分院的壯士們，在楊大夫的強力「勸阻」下留在分院，阿梅雖然不甘心，但也沒膽子跟過來，畢竟對手是個六翼天使，即使是遭貶，神威依舊猖獗旺盛。

之後的事情我是輾轉聽說的。這群壯士們後來去依附了一所義民廟，因為太靈驗，整個香火旺盛。這讓我想起一首叫做〈廟會〉的歌。

「范謝將軍站兩旁，叱吒想當年。戰天神護鄉民，魂魄在人間。」

在異鄉而為異鬼，卻存魂魄守護異鄉的百姓。相較於殘酷的卡莉女神，這些異鬼壯士，更有神明的味道。

至於阿梅，她回去守自己的墳，沒聽說她惹了什麼事情，楊大夫也裝作不知道有這麼一個殘害人命的厲鬼。

其實，在楊大夫抱持這種姑息態度時，我就該覺悟到，他並不是個除惡務盡的神明……我是說，前任神明。

所以本院是這種樣子，也不應該覺得奇怪。

但發著高燒的我，才走進本院，我就吐了。

一來是身體很虛弱，二來是原本不畏懼鬼氣的我，也被這個鬼氣沖天的療養院衝得頭昏腦脹，暈頭轉向。

這個在民國七十一年奠基的老醫院，已經有二十幾年的歷史了。任何老建築都會累積歲月和年氣，更何況是迎生送死的醫院。這二十幾年來累積的大量死氣，讓這個鬼地方名符其實，到處都是鬼影幢幢。

無力的望了一眼楊大夫。這就是他說的，「比較乾淨的地方」。

百年亂葬崗都沒這麼陰，比較乾淨？

「他們不會惹事。」楊大夫聳聳肩，「瞧看是有點亂，但亂中有序。他們有自己的平衡，你不用擔心。」

事實證明，他完全是鬼扯。

等我退燒，稍微癒可，的確不再嘔吐了。我的病房有好奇的「訪客」，但他們多半害羞，也不怎麼打擾我。問題不在這些新鬼老鬼，而是出在病友身上。

楊大夫在這裡駐診。他經手的病人通常不只有精神病患，還有一些因果病或疑難雜症。

就在我終於退燒的那個夜晚，我六樓的病房窗戶外，飄著一顆人頭。

他將臉壓扁在玻璃窗上，兩眼無神的瞪著我。

我的確被驚嚇到了。即使是我，突然醒來轉頭看著窗戶，赫然出現一顆人頭，不管成分多稀薄，我還是個人類。

所以那個瞬間全身發冷也是合情合理的。

但最初的驚駭過去，我仔細端詳著這顆人頭。發現這不是鬼魂。即使只有頭顱，他也淺淺的呼吸，帶著夢遊似的神情。

一隻蛾被病房內的燈光吸引，不斷的撞著窗戶上的玻璃。這引起人頭的注意，伸出長長的舌頭，像是青蛙一樣捕食了那隻蛾，然後嚥了下去。

他繼續注視我，不知道看了多久，才轉頭飄走。我虛軟的掙扎到窗邊，發現路燈下飛舞著蛾之類的小昆蟲，同時也飛舞著一群人頭，看起來是在獵食。

這倒是很奇妙的景象。

第一話　首欲飛

這種奇觀一直到天色微明才消失，那些頭顱像是煙火般四散，紛紛飛走。這麼一鬧，勾起了我的好奇心，上網查了很久。

這種妖怪在日本稱為「飛頭蠻」，或者是「轆轤首」。其實這是兩種妖怪，只是常被混為一談。

中國的飛頭蠻是被刑廢貶為妖的神族，我無意間「閱讀」過這部分的記錄。而這種飛頭妖怪雖然形態有點像，但飛頭蠻沒有身體，只有頭顱，還保留若干神性；飛頭妖通常都還有身體，只是在睡夢中腦袋和身體分家，無意識的獵捕昆蟲。

這比較接近人類的變異，或說一種疾病。有種會身體和腦袋分家，另一種只是脖子伸長，但這兩種應該是相類似的現象。

這種飛頭妖的分布很廣，中國大陸、馬來西亞、南美洲、波蘭等地都有文獻記載。

我看到的，應該就是這種飛頭妖。

「……醫院裡到底有多少飛頭妖？」楊大夫來巡房時，我淡淡的問。

他聳了聳肩，「其實你應該看不到，他們不會傷人。」

「是不會。」這點我倒是同意，「但幸好我沒有心臟血管上的疾病，不然可能會因為急性發作一命歸西。」

「這你倒不用擔心，」楊大夫淡淡的說，「你吃過肉芝，嚇死也會復活的。」

……這好像不是什麼值得慶幸的事情。

等我痊癒到可以去花圃散步，意外的我看到這些飛頭妖患者。他們像是長期睡眠不足，老是在發呆。在陰氣這麼重的醫院，我的鬼氣顯得微不足道，連護士都嚇不了，何況這些正港無雜質的妖怪。

他們懷著如在夢中的神情，總是翹首望天。

不知道是不是下意識的懷念飛翔的滋味。

正如楊大夫的保證，他們的確不會傷人，是群溫馴害羞，帶點茫然的妖怪。天天見慣了，反而有些親切，發現我看得到他們，他們會飛過來撞撞玻璃當作打招呼。我因為生病太久，正趕稿趕得沒天沒夜，往往頭也不回的舉舉手，表示我聽見了。

他們也不囉唆，真是好妖怪。

我在這個陰氣逼人的療養院安頓下來。有楊大夫的庇護，我的日子清靜很多，我難得的過了段安靜的日子。

就在某個楊大夫去台北開什麼醫學會議的時候，我趕稿告了一段落，悠閒的站在窗前看著半殘的月亮，那些飛頭妖悠然的在路燈下捕食昆蟲，真是個靜謐的夏夜。

幽幽的，一聲像是從地底冒出來的歌聲，打破了這種安全的靜謐。

「在迷惑人的月光下，給我一千人份的首級，讓我的口袋滿滿的。

如果想用什麼收買我的嘴唇，給我一千人份的首級，跳舞時口袋沉沉地撞擊……」

其實聲音很嬌脆悅耳，非常好聽。但說不出為什麼，我有種強烈不舒服的感覺。從來沒有發出聲音的飛頭妖，突然發出非常高頻率的尖叫，紛紛逃逸。就在我眼前，逃得最慢的那個飛頭妖，臉孔扭曲絕望的，被吸入張著裂口的大地。

裂口迅速合攏癒合，什麼痕跡都沒有。只有被吞噬的飛頭妖，發出掙扎含糊的尖叫，很快的歸於寂靜。

第二天，向來非常鎮靜的護士發出慘絕人寰的叫聲。

聽說，有個病患的腦袋不見了。沒有頭顱的脖子光禿禿的，不但沒有血跡，事實上也沒有意義上的傷口。就像是斷肢癒合，只有一個巨大的疤痕，上面沒有頭。

我說過，不是我去尋找危險，而是危險總是喜歡……

找上我。

*　*　*

我沒有任何線索。

因為楊大夫的額外關照，我在這家療養院分外自由。或許是怪事太多，院裡的醫生和護士都鎮靜得超乎尋常，但鬧出人命又是另外一回事。

總之，那個飛頭妖患者死了。但醫院和警察把事實壓下來，媒體一點都不知情。

我偷溜去看過屍體，大惑不解。不過這倒是寫作的好題材，咯咯咯咯……

但我不明白。

他們的病史非常長，有的還是自願入院的。病名通常是嚴重夢遊或者是憂鬱症之類的。但你知道我知道，楊大夫也知道，他們都是飛頭妖患者。

一群待在醫院裡比在外面生活時間還長的病患，為什麼會有人要殺他們？

還有，那首歌是什麼？

我查了很久，還是熱愛動漫畫的編輯告訴我我才知道，那是電腦遊戲「煉金術士艾莉」的主題曲之一。

煉金術士。我不知道為什麼，對這個名詞凝視起來。

不過，我並沒有試圖去閱讀罪犯的人生。我說過，我不是救世主，下個禮拜楊大夫就回來了，他會知道怎麼處理的。

但是，第二天晚上，我又聽到甜美而陰森的歌聲。在我眼前，又被吞噬了一隻飛頭妖。

聽著他淒慘尖銳的呼聲，我變色了。忍不住脫口而出，「住手！沉默的大地啊，讓我為你說個故事。」

我對著緊閉著雙唇的大地說故事。說了一則短短的童話，關於種子的夢和萌芽。這倒是很特別，我說故事給各式各樣的人類或眾生聽，這是第一回說故事給無情無感的大地聽。

手心沁著汗，我不知道這樣行不行得通。

但沉默的大地很給面子的咳了一聲，將沒滿黃土的頭顱吐出來。那只飛頭妖搖搖晃晃的，歪斜的飛回醫院。

樹下的陰影處，站起來一個濃重的黑影。是個少女模樣的女人。穿著一身雪白，卻比夜色更黑暗。她大而無神的眼睛瞪著我，充滿冰冷的霜寒感。

我也凝視著她。想要「閱讀」，我卻踹到火燙的鐵板。這並不比閱讀非莉的時候好受，我像是拿臉去撞鐵板燒，整個臉孔都起火燙傷。當我痛苦的摀住臉時，從指縫中，我看到那個嬌弱少女，湧出一個殘酷而明朗的笑。

她從藏匿的樹蔭下跳出來，沉入裂著開口的大地。很快的消失蹤跡。

月色加上路燈，尤其是我取材時，向來看得很清楚。

她的裙裾叮叮噹噹的懸掛著拳頭大小的「飾物」，脖子上也帶著相同的「墜子」。但那些飾物和墜子，居然是人頭。

劇烈的燙傷幾乎讓我痛昏過去，但我只是撐著，四肢著地的爬進浴室，將臉孔浸入冷水裡。

我不可以昏倒，還不可以。我要將這些素材寫進筆記本裡。這可是絕無僅有的體驗。

事實上，我並沒有受到真正的燙傷。只不過是我的意識受創，引起臉孔火焚般的痛苦。不過那個神祕的少女不是我能對付的對象。

她是活人。我可以百分之百的確定這點。而且她是人類，所以非莉的血對她來說沒有任何影響，而且我雖喝過非莉的血，對妖物、鬼魅或許有奇效，但對一個人類是沒什麼用處的。

在這裡，我還沒有讀者，就我一個。我也連絡不上楊大夫。

其實我不用管不是嗎？那些飛頭妖是人的變異，為了躲避世人的目光，生不如死的待在療養院裡，過著淒慘的生活。

早點死掉說不定比較好。

我不明白自己。明明我知道，我都知道，但神祕少女的歌聲再度響起時，我又忍不住開口阻止，並且說故事給她所驅策的大地聽。

她望著我的眼光越來越惡毒，焦灼越來越濃重。

焦灼……？

她也畏懼楊大夫吧？我突然領悟到，她因為畏懼那位前任死亡天使，不知道花了多少耐性潛伏，等待這一刻。

卻被一個廢物阻止，一定很不甘心吧？

我感到危險和不安。

面對無數妖魔鬼怪，我都沒有這種不安。我發現，真正會讓我畏懼的，唯有人類。

那個假上師如此，神祕少女也如此。

在任何人類面前，我都是脆弱的。他們只要增加一點點能力，一點點就夠了。只要有一點點的修為，一點點惡法，我就只能任他們宰割。

因為除了說故事，我什麼都不會。

而這個可以驅策大地的少女……更讓我覺得恐懼不已。

第三天開始，我不再足履赤裸的大地上。因為我不想被抓住、吞噬。

大半的時間，我都關在病房裡查資料。

神祕少女有著非常好的防護，我不懂那是什麼，但我沒辦法看到她的人生。我能摸索的模糊影像只有拳頭大小的頭顱飾品、墜子，泥土的味道。

然後就沒了。

我猜想她跟巫家的女人類似，有一些法術之類的天賦。但巫家的女人不會築起高牆，或者說她們的專長不一樣。

我就著極為微弱的線索追查。

乾縮人頭是南美洲希瓦羅族的「特產」，製作方式非常繁複，用意是為了拘禁死者的靈魂，永世不得超生，當然也沒辦法報復凶手。

到了十九世紀中期，南美洲人發現乾製人頭可以賣給歐洲和美洲的收藏家大賺一筆。但因為供不應求，希瓦羅族人到底不是殺人狂，會這樣做不過是為了宗教和戰爭的緣故，真正乾縮人頭的數量並沒有大到可以量產。

於是產生了許多贗品。許多厄瓜多爾和巴拿馬醫院裡的無名屍因此遭了殃，依著古法生產為數眾多的「乾縮人頭」。

（這些資料是由《世界歷史未解之謎》一書裡頭摘錄出來的。）

我回想那個神祕少女的模樣。她有著雪白的皮膚，但是東方人的雪白。她的輪廓很深，的確有幾分南美洲的味道，起碼是個混血兒。

據說，希瓦羅族會慎重的將乾縮人頭用布包起來，埋在戰士的床底下。他們的床底下就是大地。而這個神祕少女會驅使大地，雖然我不知道怎麼辦到的。

我第一次感到束手無策。

之前不管是怎樣的神祕，我都可以透過「閱讀」，破解大部分的危機。但當我不能「閱讀」時，我成了比任何人都軟弱無用的神經病。

我倔強的瞪著空白的word，但居然沒有一個字可以湧出來。我無法告訴你，我有多恐慌。

寫作於我宛如呼吸般容易自然，但我忘記怎麼呼吸了。

夜晚降臨時，我焦躁到幾乎要焚燒。我想不要管、不要看，但我沒辦法阻止自己在殘月下，注視著被本能驅使，在路燈下捕食昆蟲的飛頭妖；我也不能在甜美陰森的歌聲響起時，不開口阻止大地吞沒無辜的妖怪。

我痛恨自己軟弱無用的心腸，我痛恨這種充滿縫隙無力阻擋悲慘的殘破心靈。

神祕的少女抬頭看我，眼底滿是冷冰的殺意。

名字！給我名字！只要讓我知道名字，我就可以閱讀她的人生，即使是付出非常淒慘的代價！

但我不知道她的名字。

更慘的是，她舉起手，隔著這麼遠，我只看到針尖的閃亮。我的左眼皮劇痛，像是被一針一線的縫起來，而我完全不能掙扎。

瞬間我只剩下右眼的視力。我痛到跪倒在地，滿頭大汗。我摸得到眼皮上的粗線，但醫生和護士都摸不到。

他們認為這是一種強迫症的併發，因為現實的醫學完全檢查不出任何端倪。

「……楊大夫還不回來？」我筋疲力盡的問。

「楊大夫是誰？」護士茫然的問。

我扶額不語。見鬼的醫學會議。楊大夫大概去搞什麼神明會議，連醫院的護士醫生都矇住記憶，難怪我連絡不上他。

那個神祕少女只是警告我。要取我性命對她來說是容易的事情。我發現，她無意傷人，但她傷妖卻顯得這樣理直氣壯。

不要管吧？這些妖怪與我何干？這次只是左眼，萬一右眼也完蛋了，我怎麼寫作？左眼皮痛得不得了，但我需要太陽，我渴望太陽。我要晒一晒發霉的靈魂。痛苦難當的走入午後溫暖的太陽，謹慎的踏著石板，小心不去踩到泥土。我碰到最不想碰到的那群飛頭妖患者，我轉頭要走，卻被拉住衣袖。

我認得這顆頭顱，或說，我認得這張臉。雖然那時候滿頭滿臉的黃土。那是第二夜，我奉獻故事給大地，得以逃生的飛頭妖。

他們怎麼可能會記得什麼？他們有著可悲的宿命，入夜飛頭成妖，白天裡不復記憶，徒留模糊的渴望。

「謝、謝謝……」他結結巴巴，花了很大力氣才吐出這幾個字。

沉默很久，我居然沒辦法甩開他的手。

「……我恨你們，我恨這個世界。」喃喃著，無力的絕望湧上來，「我更恨我自己。」

第四夜，我的右眼皮被縫了起來，什麼都看不見了。其實我若能對神祕少女說故事倒好一點，但不知道為什麼，她總是可以機警的逃離。

第五夜，我連嘴都被縫上了。

但第六夜，我沉默的在玻璃窗上用簽字筆寫故事。我又痛又疲倦，肉體和無法寫作的雙重苦楚。在絕對的黑暗中，狂暴的寫著字跡混亂的故事，我不知道誰能看得懂……

但無情無感的大地卻被這混亂的故事感動，將吞噬下去的飛頭妖吐出來，我聽到飛頭妖飛翔的聲音，感到一點點淒涼的安慰。

最少他不再尖叫了。

我知道這是一種倔強。一種無用又沒有意義的倔強。但我不要聽到那種淒慘的尖叫，我不要看到我每日見慣的風景有任何改變。我不管他是妖怪還是人，沒有人或妖怪生下來是為了當人家的玩物，沒有。

不是為了肚子餓，不是為了謀生，只是單純的掛在裙裾或脖子上當裝飾品。這種莫名其妙的殺生。

我只要堅守過這一夜，明天楊大夫就回來了。他會想辦法弄掉我眼睛和嘴上無形的線，我還是可以寫作說故事。

我什麼也沒有犧牲，還多得到一些寫作題材。

是的，這只是取材而已。一切都是為了我自己，為了我而已。

但我得先堅守過這一夜。

我看不到發生什麼事情，只感到沉重的泥土味道襲來。我這樣小心的不去觸及赤裸的大地，但我忘記了，我的房間裡有盆很小很小的盆栽。

似乎只要有一點點泥土就可以成為媒介，無法「閱讀」的我，失算了這一點。

透過這個媒介，我在短暫的窒息之後，被拖到醫院外面。

我的雙手像是被很粗糙的繩子捆綁在背後，下半身似乎被活埋了。其實如果神祕少女夠謹慎，應該將我整個人埋掉。就算我會死而復生，同樣拿她沒辦法。

但她似乎蹲下來，溫暖的氣息噴在我臉上，柔軟的指頭掐著我的脖子。「哼，史家筆姚夜書，你真覺得你好了不起嗎？憑什麼礙我的事情？你的故事呢？你可以抓住一切眾生和人類的故事呢？現在，你又能拿我怎麼樣？」

她知道我是誰。所以她拿去我所有可以書寫和說故事的能力。

這個時候，我笑了一下。即使雙唇被縫合，我還是可以笑，雖然無法出聲。

妳不該碰觸我的，鍾靈。枉妳這樣慧心聰明，知道怎麼防範我。妳憑恃我有眼無視，有口難言，有手難書，就認為我不能說故事麼？

妳太小看我想寫作的執念了。

狂愛寫作一生，以至於真正成了瘋子。即使是這種時候，我還是可以說故事的。

知道什麼是「聖痕」嗎？

維基百科的解釋是，聖痕又叫做聖傷，意思是紋身的記號。聖痕被認為是一種超自然現象，因不明原因在基督徒的身上顯現與基督受難時相同的傷口。

事實上，傷痕的形狀各個不同，也不僅僅出現在基督徒身上。電影〈大法師〉裡，被附身的小女孩就出現過類似聖痕的傷疤，「救命」。

在精神極度集中、面對極大壓力時，就有可能產生聖痕。而我，可是喝過「神之化身」的血，出現聖痕根本不足為奇。

比較困難的是，這像是從身體裡面往外寫字，所以必須反寫。但這怎能難倒瘋著寫，瘋也要寫的我呢？

忍住強烈的劇痛，我讓臉孔的皮膚扭曲、出血，寫出我一生中最短的小說。

右臉是，「鍾靈，汝為何？」

左臉是，「首欲飛而不得，為之狂。」

溫暖的夜晚，我卻一陣陣呼出寒冷的白氣。劇烈的疼痛讓我幾乎休克，但我想知道感想，我想知道她的反應。就是這種狂熱讓我忘記肉體的疼痛。

她毫無例外的，著迷了。

「……讓我飛，我想飛。為什麼只有我飛不起來？這不公平。」她尖叫，一聲又一聲，然後溫暖的液體噴濺到我臉上。

雖然看不見，但我知道，她在想辦法讓自己的腦袋飛起來。當被逼到極限，手段應該很殘虐。

她錯在不該觸碰我。當她掐住我脖子時，就註定了失敗的命運。

鍾靈，是個混血兒。她的外婆來自南美洲，是個真正的希瓦羅族巫女。她祕密的傳承給鍾靈，這個不完全的飛頭妖。

這是她外婆也不知道的祕密，說不定鍾靈自己也不明白。她潛意識有飛頭的欲望，但她卻缺乏能夠飛頭的體質。但因為她是飛頭妖，所以巫術對她來說輕而易舉，她最後還進入了一個專門管理裡世界的大機構「紅十字會」，成績似乎斐然。

但她無法解釋，為什麼她擁有一種黑暗的渴望。她對男人冷淡，也不重視華衣麗妝，聲望和名譽對她來說都是浮雲。

唯一讓她興奮的，只有斬首的畫或影片。當頭顱飛起來的那一刻，她會感到無比興奮，發出自己也感到陌生的呻吟。

她成了很優秀的狩魔獵人，說不定還過度的優秀。但這些妖怪的首級只能讓她興奮幾秒，她真正渴望的是人類的頭顱。

在理智和暗黑渴望中，她苦苦掙扎。最後她不能遏止的偷了醫院的屍體，將頭顱砍下來。

她的行為被發現，然後被紅十字會開除了。

對於自己的行為，她也感到不解和羞愧，但她無法壓抑這種渴望。直到她看到飛頭妖那天，她才明白過來。

她真正想要的不是別人的頭顱，而是她天生就擁有的飛頭渴望。她想飛，但她飛不起來。那些無恥的飛頭妖，卻可以大大方方的在燈光下飛舞頭顱。

因為羨慕而忌妒，因為忌妒而怨恨。她開始殺害飛頭妖，並且將他們製成乾縮人頭，在她的裙裾和脖子上飛舞。這讓她感到安慰，一種瘋狂而惡意的安慰。

他們不是人，對吧？所以殺死他們不用愧疚也不會有人追究，對吧？

直到她流浪到列姑射，欣喜若狂的發現一整個飛頭妖的聚落，卻差點讓干涉的死亡天使擊殺。

「他們是妖怪！又不是人！」奄奄一息的她破口大罵，「你身為天使卻庇護這些危險的妖怪！」

「他們是我的患者。我問診不問患者身分。」那個死亡天使推了推金邊眼鏡，「若說危險，小姐，妳比任何妖怪都危險。」

她逃走，以為自己會死去。但她意外捕食了一隻妖異，從那妖異的身上，得到一粒閃亮的微塵和控制大地的能力。

比以前強，更強。她花了很長的時間才讓微塵和自己融合，潛伏回這裡。她靜靜的等待，用無比的耐性。

好不容易等待死亡天使離開，卻有個自不量力的人類阻止她。

那是一個叫做姚夜書的作家。在紅十字會，她就知道這個人，雖然被開除，她還是可以取得姚夜書的資料。

我才不會聽他的任何故事。她冷笑。不輕易殺人，是因為殺人很麻煩，不是因為殺不了他。

誰也別想阻止她處置飛頭妖。她飛不起來，其他人也不可以，絕對不可以。

＊　＊　＊

這些就是我閱讀到的故事，她的人生。

我不懂她，就像不懂那些殺人魔。我沒有羨慕過任何人，所以我不懂。但如果，我是說，如果。

如果這樣狂愛寫作的我，有一天，再也寫不出來了。但別人都可以寫，宛如呼吸般寫作……只有我不行。

我不知道。我不知道我會怎麼做。

不知道過了多久，我發現我可以張開眼睛。眼皮和嘴唇的無形之線都消失了。我手上的捆綁也鬆弛，眼前是一片血泊。

鍾靈躺在地上，幾乎身首異處。她一定是不斷的砍著自己脖子，但沒有砍斷。半睜著眼睛，她還沒完全死去，但也無力維持咒術了。

「喂，鍾靈，我為妳說個故事。」雖然無形的線消失了，還是疼痛非常，每說一個字都會牽動傷口。「妳終於可以飛了。」

我為她說了個人類成妖的故事。她褪成雪白的唇彎了彎，目光渙散，呼出最後一口氣。

因為她控制大地的異能，所以我離醫院很遠，離都會公園倒是很近。

即使離都會公園很近，還是在荒郊野外。雖然雙手已經鬆綁，但我被埋得很緊，直到胸口。

我轉院之後似乎不斷的失蹤，分院如此，本院也如此。我想醫護人員都受不了我了，我也受不了自己。之所以活埋了一個多禮拜沒死，我猜是鍾靈的微塵飄到我口裡的關係。

雖然沒死，但非常狼狽。我眼皮和嘴唇的傷口都化膿了，蒼蠅不斷的繞著我嗡嗡的飛。天氣炎熱，鍾靈的屍體很快的腐敗，原本的花容月貌整個浮腫、滲出屍水。

我就這樣毫無辦法的瞪著鍾靈的屍體，偶爾短短的打個瞌睡。

奇怪，我應該可以看到鬼神或妖魔、人魂，最少也可以捎個信什麼的，偏偏我什麼都沒看到。百無聊賴，只有日漸腐敗的屍體陪著我，這實在不是什麼賞心悅目的景象。

但我真的太無聊了，講了一整個禮拜的故事，給死掉的鍾靈聽。

沒辦法，我想說故事，誰來聽都好。就算是具屍體，而且腐爛的厲害。不過經過這幾天的觀察，我大約可以將屍體類的故事寫得極好，誰能像我這麼近距離的實體觀察呢？

大損失之後總會有些小收穫的。

十天後，臉孔鐵青的楊大夫終於找到我了。他瞪著我，又瞪著湯湯水水的屍體。他到的時候，我剛好在說故事給鍾靈聽。

「等我說完吧。」我朝他點點頭，「你邊挖，我邊說。」

楊大夫好久不說也不動，我沒理他，繼續說我的故事。

後來他非常粗魯的、像是拔蘿蔔一樣把我拔出來。

「很痛欸。」我抱怨。

我不知道他為什麼生氣。他氣得好幾天不跟我講話。

很久以後，我才知道，為什麼我被半埋在深山卻什麼眾生都看不到。鍾靈死是死了，卻想聽我繼續說故事。她又是個強大的巫女，死掉的怨氣弄得方圓十里內眾生走避。

結果弄到楊大夫也找不到我。

要不是我快掛點，她不會跑去楊大夫那兒顯靈，告訴他我在哪。

「……我不該隔絕這醫院所有的眾生。」他憤怒的拿下我病房門上的羽毛，「我總覺得你跟眾生混得太熟，早晚會出事，結果你這什麼都不會的凡人，還是去瞎攪和！你到底懂不懂分際？你到底知不知道自己的底限？

你差點讓鍾靈的死靈扣留了！總有一天，你會被眾生讀者吃個乾乾淨淨，你懂不懂？」

「或許。」我漫應著，一面努力把這些天收集來的資料打進電腦裡，「滿有可能的。」

他好一會兒不說話，我沒轉頭，所以不知道他的表情。

「夜書，你不要把別人的災難投射到自己身上。你永遠救不了過去的自己。」

我停止打字。所以說，神明真是些討厭的傢伙。

「那你呢？六翼天使？你難道沒有這樣？」我反刺他一下。

他的臉色難看起來，忿忿的摔門出去。

這個慈悲的死神，比人類還人類。

我看著窗前的晴天娃娃。鍾靈爛成那樣，只能就地火化了。但她頭髮倒還很完整。不顧楊大夫的反對，我將她的頭髮帶回來，做成一個奇怪的晴天娃娃，可以凝視著窗外。

這大概是她的心願吧。

終於可以飛了。

「千人的眼光注視我代替你幼稚的熱情，
千人的靈魂在釜中能燒出什麼樣的新奇。
邀我共舞前，請先準備好一千人份的首級。」

我喃喃著，用這電玩的主題曲，代替訃文。

窗外的飛頭妖無憂無慮的飛舞，捕食昆蟲。給妳吧，妳要的首級。妳可以一直注視著他們，同時妳也在飛。

「咯咯咯咯咯咯……」在暗夜裡，我笑了起來。

第二話　棺生子

「一個死掉的女人在棺材裡生下了孩子。」

我瞪著這行字發呆。這是我自己打在word上面的，但我居然不知道我為什麼會打這行字。

明明我該寫的功課不是這個，在纏綿快一整年的失蹤和傷病中，我的進度已經落後到不能再落後，編輯已經打過幾次電話要來我這兒上吊了。

「但我們這兒能上吊的地方已經客滿，你能不能選其他地方？」不堪其擾，我厭煩的說。

編輯放聲大哭給我聽。

我知道他壓力很大，但男子漢大丈夫，說哭就哭，成什麼體統，你又不是劉備。最後我受不了，答應他月底一定交稿。我打定主意，什麼閒事都絕對不要管了，專心寫完進度要緊。

所以我正屈在電腦前面拚命，忍耐著各式各樣死的活的讀者在我房間裡穿門踏戶。

我這才知道，當初我能過著清靜日子，訪客不會打擾我，是因為楊大夫在我身上放了個隔絕用的聖術，門首上懸著他的羽毛。但是鍾靈的事情讓他毅然決然的撤掉這些防護。

「我不可能二十四小時跟著你，你這麻煩製造者。」他的臉色很難看，「若是早晚會被讀者吞吃了，多來幾個說不定還有恐怖平衡。」

我悲傷的望他一眼，卻沒有話可以反駁。一來是我趕稿已經快死了，二來我不太想得罪這位神聖到會發光的大夫。

他默許我出去亂走，只要找得到「替身」。雖然我趕稿趕到連吃飯睡覺都沒有時間，但又不是永遠會這麼趕。畢竟我只積欠了五本書，又不是五百本。

而且，雖然不願意，我還是得承認他說得對。靠我自己真的太軟弱，我不怕眾生，但隨便有個三斤蠻力的人類都可以要我的命。

真的要了命還沒什麼，我比較怕被弄個支離粉碎，或者是在焚化爐中醒來，那就不是肉芝什麼的長生不老藥救得起來的。

但他一拿掉禁制，我的清靜就完蛋大吉了。

我不知道都城療養院和分院的讀者做了什麼宣傳。總之，我到本院的消息還真是大轟動。這個比百年大墓還陰的本院眾生，幾乎都湧進來參觀，尤其是鬼魂，真是塞到爆滿。

他們倒是客氣，頂多伸長脖子看我打些什麼，然後屏息靜氣，萬一有人不小心發出讚嘆，噓聲大起，其聲勢之浩大，和閱兵時的答數有拚。

「小聲些，吵什麼吵？讓姚大好好兒的寫作！你們這起欠砍頭的！」「安靜點兒！給姚先生些清靜成不成？」「吵三小？閃啦，林北都看不到了……」

……………

要不是我趕稿趕到頭都抬不起，我非把他們通通轟出去不可。

結果我去中庭散步，聽到有人哀傷的對護士傾訴，「我都沒朋友，不要說人了，連鬼都討厭我……」

我翻了翻白眼，年輕人就是年輕人。沒朋友才好，清靜。讓鬼爭著當朋友很好？我可不可以不要？

在這種鑼鼓喧天、吵得要死的環境下，我堅忍的寫到最後一章。但我卻天外飛來一筆「棺生子」。

當然這樣的開頭很有吸引力，我也有些想續下去。但我截稿在即，沒有時間寫此娛樂營生。

我將這段刪除，開始苦思後續發展。等我意識到了，發現我又將這段一字不漏的打上去。

重複了幾次，我煩了。大部分的人生都不能主動閱讀，但有些故事，死都要給你知道。這種來自虛空的「記錄」，通常很不講理。

「……你到底想說什麼？」我喃喃的對著空白的word說。

然後我的十指，不太聽話的，運指如飛。

* * *

一個死掉的女人，在棺材裡生下了孩子。

這件事情發生在五〇年代的南古都，一時轟動，和當時引起莫大恐慌的殭屍並列為年度兩大奇聞。當新聞熱潮過去，大部分的人都漸漸淡忘，死去的殭屍已然安息，但活著的人卻不能劃下休止符。

最少那個誕生在棺材裡的嬰兒人生才剛開始。

這嬰兒的外觀一如凡人，但奇異之處卻要等到他學走路才會顯露出來。他的誕生令許多人恐怖，交頭接耳的竊竊私語如影隨形了他短短的一生。

他叫吳問之，是他們街坊唯一不怕這孩子的講經師父取的。當初吳父悲痛莫名，哀哀欲絕，也是這位講經師父將睜大眼睛看人，卻不哭泣的嬰兒抱出棺材。

問之的母親死於難產。這個棺材店的老闆娘過世，像是將年輕老闆的心魂都帶走了。他一下子失去妻子和將要出生的孩子，短短幾天就有老態。

但一個月後，他夢見死去的妻子說再也沒有奶水了，要他將兒子帶回去。

他像是發了瘋般，不顧鄉親的勸阻，拿了鐵鍬就去挖墳。他這一挖，就挖出了轟動鄉野的奇談，和他應死卻活生生的兒子。

那嬰孩躺在乾枯母親的懷裡，沒有哭，但也沒有笑。

這個幾乎不太哭笑的嬰兒招不到奶娘，是他年少卻出現白髮的爹，一瓢一瓢的餵米湯長大的。等他會走路，街坊鄰居更畏懼恐怖……

這小小孩子站起來，地上的影子淡到幾乎看不見。

有人說，這不是人的孩子，而是嬰兒讓「魔神仔」附身了。也有人說，那不是魔神仔，瞧那恐怖的影子……絕對是鬼。更有人說，他是天魔降世，還沒出娘胎，就剋死了母親。剋不死老爹，是因為這百年棺材店鎮住了，店主才能保平安。

種種蜚短流長，不一而足。

但棺材店老闆沉默的將孩子帶大，這孩子也跟凡人沒什麼兩樣的長大、上學。街坊的孩子聽多了各式各樣的流言，更不敢跟他靠近。既沒有人和他玩在一起，連欺負他的人都沒有。

唯一敢跟他交談親近的只有兩個人：他的生父和第一個抱他、為他取名的講經師父。但年逾古稀的講經師父在他五歲時過世，還是有人交頭接耳的說……

是那人不人、鬼不鬼的孩子剋死的。當初就跟師父提過別太接近，老人家不聽就是不聽……嘖嘖……

這孩子也怪，在這種壓力甚大的流言中泰然自若，跟他老爹一樣沉默寡言，每天上學放學，雖然不算是聰穎過人，倒是很用功。老師對這奇怪的孩子也頗感不自在，但他既然這樣安分守己，也就刻意忽視他，好敉平心中那份不舒服。

但問之畢竟是個人類。不管他的出生多奇特，影子是濃是淡，他畢竟是個普通的孩子。他並不喜歡獨來獨往，他也有同儕認同的渴求。

但他沉默的老爹，只要求他要有骨氣。「別人不來就你，你也不用去就別人。當好你自己，日子久了，大家就明白你是個怎樣的人。至要緊的是當個堂堂正正的男子漢。」

他很聽話。在沉默嚴肅的父親和和藹可親的講經師父雙重薰陶下，他的確是個正直的好孩子。他也將對「友情」的渴求，深深的壓抑在心底。

但他三年級那一年，轉來了一個小女生。這個小女生，卻讓他原本不平凡的人生選擇了更為奇特的方向。

那是個蒼白瘦弱的小女生，父親是沿街開車修紗窗紗門玻璃、賣掃把雜貨的小販。像這樣無根無蒂，外縣市來的人家，通常都會受到一種輕微的排斥。這小女生功課不太好，運動神經也不太行，老師不太注意她，同學也不怎麼瞧得起她。

或許是同樣的排斥，或許是同樣的孤寂。說不上從什麼時候起，這個叫做林春琇的小女生，和問之親近起來。

這對旁人來說，不過是個童年玩伴，但對問之，春琇是他這輩子僅次於父親、最重要的人。

隨著老是逃債流浪的父親遊走四方的春琇，比同齡的孩子早熟許多，也見多識廣。所以問之神祕恐怖的誕生，她只是感興趣的問，「那你還記得媽媽怎麼餵你的嗎？」

問之第一次被人這樣直接的問，有幾分尷尬。「……誰會記得？」

「也是。」春琇遺憾的搖搖頭，「若還記得就好了……我也不記得媽媽的長相。」

或許為了她這份泰然自若，問之第一次放鬆下來，不為了神祕難解的身世而緊繃。

他後來甚至告訴春琇，連父親都沒說過的祕密。

他看得到鬼。

身為一個「棺生子」，他的確生來擁有某些異能。

他能看到鬼魂，不管好或壞。身為棺材店的孩子，他對許多符咒、祓禊儀式，甚至收驚之類的民俗法術都有接觸。這不知道算是本能還是天賦，幾乎用看得就看會了。

鬼魂不知道是不是會畏懼這種奇怪的衝突，對他總是忌憚而躲避。

應死而活生生的人，跨越幽冥的棺生子，似乎天生就帶著剋鬼的天賦。

「……妳覺得我在說謊騙人嗎？」說完了祕密，問之頗感不安。

「你從來不說謊的。」春琇很堅定，「我相信你。」

他們堅定而單純的友情，維繫到小學畢業，一起上了國中，還是沒有什麼改變。但他們成了少年少女，都進入了青春期。原本蒼白瘦弱的春琇變得嬌美可愛，問之也長高許多。

國三這一年，在這個聯考還沒廢除的年代，他們一起用功，期勉可以一起考上高中。

但這一年的暑假，發生了幾件事。問之從來沒有上過他辛苦考上的省中。

上了國三，或許是因為青春期的旺盛，問之的能力突然大幅躍進。他不再只看到鬼，也看得到神。

最初是地基主，然後是土地公、城隍。這些神明大感訝異，裝作不知情，偷偷的回望他。

然後他撞見了籠罩死亡神威的陰差。

說是他撞見，不如說他被誤認。那陰差朝他肩膀一拍，「哪來的？你是哪個頭兒手下？怎麼派這麼生嫩的後生……」

他們倆驚愕的對望，陰差黝黑的臉漸漸透出紅暈，「……該死。好端端的活人，怎麼有陰差的氣？」

後來陰差知道他是棺生子，恍然大悟。「唷，這倒是很希罕。將來死了要不要到陰差衙門報到？你這骨格天賦，擺明了是當陰差的料。」

他覺得好笑。原本以為陰差都是些可怕的神明，沒想到卻這樣黑色幽默。

這個陰差九老哥又跟同僚說了這樣個奇特的孩子，來南都城出任務，多半會來找他扯淡幾句，意外的多了一大票忘年之交，看他讀書辛苦，還有人提議幫他作弊。

雖然他婉拒了，但也覺得這票陰差大哥很是可愛。

他笑著跟春琇說了這件事情，春琇覺得很有趣，卻忍不住咳了兩聲。她上了國三以後，總是感冒不癒，一直輕咳。好不容易好了，然後又感冒。但看醫生花錢，她的賭鬼老爸連讓她上學吃飯都不太應付得上，她自己上藥房買藥都已經是太重的負擔了。

但畢竟年輕，她也沒留心，不過是輕微的咳嗽而已，國三功課重，她沒心思去想太多。或許是這樣專注，讓她的病情一直控制住，等高中聯考考完，一放鬆下來，她也病倒了。

等她被診斷出是閉鎖性肺結核，轉到府城醫院時，已經太遲。

這對問之是晴天霹靂。他和春琇相處六年，早就認她是親人。好不容易雙雙考上高中，都約好要半工半讀上大學了，熬過另一個六年，他們就可以獨立，春琇可以擺脫貧困，他可以離開這個令人尷尬的身世。

在這個時候，醫生卻說春琇快死了。

他失魂落魄的回到家，看到沉默的父親在抽菸。真奇怪，父親從來不在棺材店抽菸，他對工作向來謹慎，說滿是木材的環境，一點兒星火就可以釀成大災。

他開口正想詢問，卻聽到來家裡幫忙多年的林嫂幽怨的問，「……我肚裡的孩子怎麼辦？你倒是說個話呀。若你拿不定主意，我就把孩子拿掉……」

林嫂寡居多年，一直在他家幫忙的。

「我吳某人的孩子為什麼要拿掉?!」父親發怒了。「結婚不就好了？跟妳提那麼多次，妳就是不肯！現在倒問我怎麼辦，我才想問妳怎麼辦呢！」

「來這兒幫忙處理家務是一回事，住在這兒又是另一回事！」林嫂也揚高聲音，「我可不要跟個沒影的孩子住在一塊兒！」

「他是我兒子！」

「我肚子裡的就不是你的骨肉？」林嫂流淚了，「又不是要你拋棄他，可我就是怕！我怕他那雙發青光的眼睛！他也這麼大了，都要上高中了，難道不能自理生活？你又不是沒有其他房子，讓他過去住不就完了？我、我……我被他剋死沒關係，我肚裡的孩子呢？與其讓他剋死，不如拿掉乾淨！」

父親卻沒有答腔，只是悶悶的抽著菸。

我走不進家門。問之想著。我走不進去了。他躡手躡腳的，悄悄的離開。

我成了父親的尷尬和難處，而春琇躺在醫院裡昏迷，快要死了。

仰望無盡的星空。頭一回，他像個孩子一樣流淚。

無處可去，他漫步走入土地公廟。坐在板凳上，看著搖曳的香火，無聲的哭泣。

他的泣聲讓老土地有些坐立難安。陰陽兩隔，原本人類的影響對他不大，但這小鬼又不一樣。通鬼神的棺生子讓他心煩意亂。

「生死註定，你這會兒哭有什麼用？」老土地粗聲粗氣，倒讓問之嚇得跳起來。

看他一臉可憐兮兮，老土地又更悶了。「那女孩的壽算到了。原本她註定一生孤苦，無親無故，沒想到出了你這個二愣子和她當了這些年的好朋友，夠本了。你現在哭什麼呢？你又不是尋常人，總還知道『死』不過是個過程。她這輩子的苦吃夠了，下回投胎就有好日子過。你該高興才是，哭啥？」

「……為什麼不是這輩子好好的呢？她努力這麼久，為什麼要從頭來過？」問之倔強起來，「為什麼註定？誰規定的？又不是真的什麼大病，應該可以治好的，為什麼就拖到不能收拾呢？我不服，我不服氣！一命換一命，我代她死不行麼？」

老土地勸了他半天，終於被他的牛脾氣搞火了，「呿！冥頑不靈！枉費我一番苦勸！罷了罷了！」轉身入堂，再也不搭理他。

問之低了頭，有些羞愧。他向來講理，今天倒是第一回這麼歪纏。垂首要走出土地公廟，覺得褲腳緊了緊，座下的虎爺居然咬了咬他的褲腳，示意他跟出來。

「……年輕人，土地爺不方便提點你。」虎爺四下張望，「你想明白，代人受死有什麼好處？她又不會記著你的恩情。」

「我不是要她記恩情，我就希望她好好的。」問之沉默了一會兒，「虎爺，我出生的時候就該死了，勉強活下來，只是讓大家害怕，老爸難堪。她不一樣，她是個普通女生，長得又好，她將來會念省女、大學，會過著平凡幸福的日子。她、她是我唯一的朋友，我最親的人……」

他又哭起來，「我知道我有辦法的。我既然有辦法卻不救她，我永遠不會原諒自己……」

虎爺低下頭，「……噯，痴兒。不過你這體質在人世的確備受辛酸苦楚。土地爺……咳。我是說，我指點你一條路。這月十五，城隍爺要暗訪。你去攔轎上狀，皮肉疼是難免的，運氣好，你還能折些壽給那少女。你好自為之。」

問之望著虎爺的背影，湧起了一絲微薄的希望。

回到家中，林嫂早已回去，悶悶不樂的父親淡淡的問，「這麼晚？」

「……去看看春琇。」

父親皺緊眉，「肺癆會傳染的。」

「她的不會。」問之低低的回答，父親也沒再說什麼。

過了幾天，陰曆十五。他照著虎爺的囑咐等在大道，直到月至中天，隱隱約約聽到鑼鼓喧天，陰風慘慘的吹拂。不同於人間的廟會，城隍暗訪出巡，威鎮地方。

他之前看過幾次，但本能的遠遠走避。雖然手心沁滿了汗，他還是勇敢的走上前，攔路喊冤。

開道的鬼軍有些茫然，這還真是從來沒發生過的事情。

「喊冤者誰人？」威嚴的聲音從神轎中傳出。

「……棺生子吳問之！」他鼓足勇氣喊。

這時候鬼軍才驚醒過來，上前將他押住。

威嚴的聲音笑了笑，「棺生子？呿，這希罕的異能不是讓你這麼用的，賞你幾個板子才是呢。不過老九要我多關照你，又不能不承故人情。准你說話。」

他大大的鬆了口氣，眼淚幾乎奪眶而出，「請饒過春琇，林春琇。我願折壽給她！」

城隍笑了起來，「孩兒就是孩兒，諒你年幼無知，我就不罰你了。你何德何能可折壽與人？你有至孝？你有大德？什麼都沒有，跟我談折壽？」

這個時候，問之鎮靜下來。「我現在沒有，但將來會有。我願永生永世為陰差。」

他早就仔細思考過了。陰差老哥們老誇他是天生的陰差。當陰差的其實是在積德，指望差期滿可以投生到好人家。但他不要投胎，他願意一直當陰差，只要春琇好好的。這樣父親可以安心娶林嫂，會有正常的孩子和正常的家庭。春琇可以去念省女，繼續她的人生。

他要他最愛的人都好好的，快快樂樂的。

「……你知道永遠是多久？」城隍沉默了一會兒。

「我知道。」他堅毅的抬起下巴，「我是棺生子，我看得也夠多了。」

那個十五夜的夜晚，問之留下一封信，離家出走了。他信裡說要去台北奮鬥，不回來了。這件事情給父親很大的打擊，街坊鄰居議論紛紛，都唾棄這個狼心狗肺的不肖子。

瀕死的春琇意外的痊癒，知道問之離家出走，她大哭一場。「問之死了！他為我死了！他才不是離家出走……」

但別人只覺得她病糊塗了，沒人當真。

問之也不懂，他從來沒有出現在春琇面前，也從來沒有告訴過她。但他那比親人還親人的好朋友，是怎麼知道的？

不過，都無所謂了。他脫去了人氣，成了一個年紀最小的陰差。這倒是從來沒有後悔過，比起陽光燦爛的人間，看似淒慘的陰間卻更適合他，有如魚得水的感覺。

直到現在，他依舊感謝城隍的慈悲。

＊　＊　＊

我寫這個做啥？

瞪著這篇冒出來的故事，百思不解。

說奇幻不奇幻，說愛情又一丁點也沒有，說驚悚又不嚇人，若情節精彩還好，但流水帳似的，哪裡精彩？

換句話說，連騙稿費的資格都沒有。

「……我到底寫這個幹嘛呢？」對著電腦，我喃喃的問。

用膝蓋想也知道，問這啞巴東西有個屁用。

「夠了吧？」甩了甩有些發疼的手，「寫到這兒成了吧？有算有結尾了……」

惱人的是，歹戲拖棚，身不由己的，我又啪啦啦開始打字。這個時候，我開始討厭這一點用處也沒有的天賦了。

* * *

於是，他成了一個陰差。一個事實上沒有死，但脫除所有人氣的陰差。

他是棺生子，原本鬼氣就比人氣濃重許多，讓他出生並且活下來的是母親強大的愛與深刻執念，像他這樣的人要返回陰間是非常簡單的。

在陰間，他就是個普通到不能再普通的陰差，再也不會有人竊竊私語，冷眼相待。上司憐惜他年紀特別小，又是這樣發大願來的，沒把他派去拘捕老死的病魂，怕他軟了心腸；而因為他天生的正義感，讓他去拘捕罪魂，他的工作表現特別好，上上下下又誇他又疼他，他獲得很大的成就感和歸屬感。

很罕有的，這個年紀極小的陰差非常喜歡陰間，他原本無私的純潔發願，反而造就了他如魚得水的適得其所，也算是好心有好報了。

如果說，不是他的陰差前輩去拘捕個發瘋的小說家一去不返，他義不容辭的自告奮勇，如果他沒看那瘋子的小說，因此中招，說不定他會一直待在陰間，當他的快樂小陰差。

很可惜，他看了。他看了那個可以蠱惑眾生的卑鄙小說，從此以鬼身被綁在人間，因為幾篇爛小說束縛得有家歸不得。

那個瘋子還不顧他的反對，隨便取了個渾名，就叫他小司，簡直要把問之氣炸。

* * *

寫到這裡，我有些疑惑。這情節……好熟啊……

輕輕「啊」了一聲。老天，這是小司的故事！我居然無意間閱讀到他的故事了！

我托著腮。這小子……居然說我的小說卑鄙。你就別回來，回來有你好看的了。

這個時候，我才熱切起來。後來呢？為什麼他臨陣脫逃？我知道他非常討厭我，看到我簡直要發出貓恐嚇的「哈」，若是有尾巴，鐵定蓬的跟松鼠一樣。

但讓我的小說束縛，可是個痛苦的瘾頭。他不顧一切回陰間了？

「……後來呢？掐頭去尾說重點吧。」我對著電腦喃喃自語，咯咯咯咯。

來發藥的護士臉孔白了白。但不愧是楊大夫手下訓練有素的護士，還是鎮定的將藥遞給我，顫抖的幅度非常的微小，只是藥粒有些碰撞。

「謝謝。」難得心情這麼好，我對她笑了笑。

她勉強拉了拉嘴角，真難為她笑得這麼難看。然後轉身，踏著機器人般僵硬的步伐，走出病房。

我應該別笑的。

＊　＊　＊

他匆匆離開，違背諾言，是因為聽說春琇不久人世。

看到春琇，他大吃一驚。沒想到歲月流逝得這麼快，春琇已經是個中年婦人，有了丈夫，還有兩個還在念國中的女兒。

但即使春琇不年輕了、胖了，還是他眼中那個蒼白瘦弱的春琇。從丈夫的憂心和女兒的眼淚，他肯定，這些年來，春琇一直很幸福。

原本她可以得享天年的。都是我違反了契約。問之深深的沮喪起來。

當初春琇的命是用他發願當陰差換來的，現在他叛逃到人間，約定失效，這才讓春琇的命數斷了。

他讓魔樣小說束縛，捨不得回陰間。再說，他棄職潛逃，陰府治他的罪都來不及了，又怎麼有籌碼為春琇談判。

束手無策，他只能守著。這一年，他拚命拖延。他用盡所有辦法，即使和其他陰差起衝突、爭鬥，也設法拖延春琇的死期。

陰差們輾轉知道他的痴心和執著，深表同情，並沒有和他太認真。但是他說什麼也不退，就是固執的守著，上司的期限越來越緊，他們也越來越沉不住氣。

其實，問之也不知道該怎麼辦。他知道這治標不治本，卻也沒有其他辦法。但他走不了。

因為昏昏沉沉病著的春琇，有時候會含含糊糊的喚他，「問之，問之……」

他只能哭著，守著快要死掉的老友。從來沒有忘記他的春琇。

＊　＊　＊

故事斷了。

真討厭，逼我寫半天，然後故事在這個節骨眼，斷了。喂，後來呢？

我開始焦躁、煩悶，然後非常非常的不爽。

我知道故事還沒有發生，所以只有空白一片。但不是我在說，小司是個很爛的編劇。本來很簡單就可以了結的事情，他卻只會呆呆的當看門狗。

難道他就不會參考一下我的「故事」？這小小的剽竊我根本不會在意。反正我的小說早就被盜轉得亂七八糟、隱姓埋名了，甚至還有掃書網站整套整套的掃，還有人亂改一通，對白照抄，寫成一本當愛情小說賺稿費。

（抄襲就抄襲，多少也寫好看點。寫成這副德性，真丟我的臉。）

難道他忘記了，「姚夜書」的壽算被一筆勾消，自動縮短了一大截。可以縮短，難道不能夠延長？他得罪了他的上司，但他的上司卻有把柄在我手底。

這點子雞毛蒜皮大的事情，幾個字而已，就不知道央我一聲？我就那麼不值得信賴？

悶了一會兒，我試著寫結局，居然寫得出來。

有了結局，我心情就好了很多，笑嘻嘻的請護士小姐去吃飯時，往隔壁的雜貨店幫我買金紙。

「……你要金紙做什麼？」護士小姐的聲音逼緊。

「寫信。」我盡量擺出最誠懇的樣子，不過看起來收效極微。

想來她受到一點驚嚇。不過可能是楊大夫給了什麼暗示或指示，她買了好大一包金紙，往我房裡一扔，就跑得背後一股煙似的。

我搖了搖頭。

挑了幾張金紙，很誠摯的用簽字筆寫了半天的信。請託人情親筆總是比較好，電腦打字總有那麼點不誠懇。

但是當天夜裡，陸判官臉色發青的跑來我房裡。「……你寫這什麼鬼打架？誰看得懂？」

他這麼破格演出，我就得改結局，真討厭。

我耐性跟他說明，他照慣例跟我咆哮半天，拚命討價還價，在我快失去耐性之前終於拍案敲定。

第二天，我打電話給編輯，編輯沉默很久。「姚，楊大夫還說你很有進步。」他帶著哭聲，「焚書是秦始皇才會幹的！」

我無奈的聳肩。我待在精神病院，所以作者該分到的書都存在出版社。我也很想自己燒給陸判官，但我手上書不齊。「如果你不照書單燒，只能請你來上吊。我只欠一章就寫完了，但是被這些雜事煩擾，我寫不出最後一章。」

「……燒了就寫得出來？」他滿懷破釜沉舟的悲壯。

「後天一定給你。」我承諾，「記得幫我蓋印章，署名寄給陸判官。」

「再當你的編輯，我會成了正港的瘋子！」

「我隔壁的病房還是空的，其實環境還滿清幽，不錯。」我掛了電話。

我不知道編輯有沒有燒書燒到崩潰，不過我寄稿子給他的時候，他還能夠寫信回我，應該還好。

至於春琇的命有沒有保住，我其實不太清楚。不過失蹤一年多的小司，表情複雜的回來為我做牛做馬。

我猜想是保住了。因為後來陸判官還寫信（天知道他怎麼查到我的e-mail的）來要新書，他臉皮甚薄，若不是擔了大關係，哪敢來要東要西。

「……吳問之。」我撐著臉，望著鬼吼鬼叫正在維持秩序的小司，「你說我的小說很卑鄙？什麼地方卑鄙，你說說看？」

他的雞皮疙瘩大約從指尖電流般流竄全身，貼在牆上拚命發抖。「沒、沒有嘛，誰、誰說的？」

「還說你從不撒謊呢。嘖嘖……」我搖搖頭。

後來這篇樸素的故事被我寫成了厚厚二百五十六頁的愛情鉅作，騙了讀者不少眼淚和一筆不錯的稿費。

一面看故事一面尖叫的小司，哇啦哇啦的罵了兩天，坦白說，我不知道他在罵什麼。

作者的報復通常都是嚴重的心理傷害，殘酷異常的。

嘿嘿嘿，咯咯咯咯……

第三話　眾生微塵

趕稿終於告一段落。兩個月五本書，真是了不起的進度，我自己都覺得讚歎。雖然說，寫完最後一個字，我就軟綿綿的溜躺到地板上，說了「送醫院」，就無法開口無法動彈，心裡還是頗自豪的。

小司眼睛盯著螢幕不放，沒好氣的回嘴，「你就在醫院裡，送什麼醫院？安啦，你吃過肉芝，死不了。就算死了也會復活，不用怕……下本呢？你下本幾時開稿？」

……下本我拿他當主角的時候，一定要讓他更淒慘千百倍。

太累反而睡不著，我枕著手臂，看著天花板的月波蕩漾。這讓我想起很久很久以前，那個流星雨的夜晚，和那粒落入微塵的水。

之後，鍾靈的微塵也落到我口中，讓我吞了下去。

肉體極度疲倦，我感到腦漿似乎已經沸騰。在這種半昏半醒中，我看到了微塵閃爍光亮的淡淡光芒，如泣如訴般。

我看到化人失敗的大妖飛頭蠻，魂魄散盡，碎裂成千百個微塵，飛回她記憶中最像故鄉的都城。循著她的思念，我也回溯的看到她和人類小徒的互動，和一連串的悲歡離合。

這些片段，我原本都寫成短篇。這並不是我第一次看到。我甚至知道大妖殷曼化人後，就是楊大夫失蹤的養女。我在分院就知道了。但現在，現在。我卻全身發抖，狂烈的想要寫，想要完整的寫出來。

我很累，真的。任何人連續一個禮拜都只睡三、四個鐘頭，其他時候都在電腦前面榨腦漿，都會覺得連靈魂都徹底耗盡。何況我這樣的生活已經持續快兩個月了。

我不行了，真的不行了。

但是，就如楊大夫說的，我已經讓名為「寫作」的暴君宰制，身不由己。掙扎了一會兒，我還是從地板上爬起來，即使頭昏眼花，我還是推開小司，認命的開了新稿。

「……你還要寫？」小司目瞪口呆，「喂，就算吃了肉芝，你還是人類欸！好吧，雖然比較接近鬼……但你還是血肉之軀，到底還是會累的吧？」

「我累死了。」我相信此刻的臉色非常難看，因為在我房間跑來跑去的「讀者」畏縮的紛紛走避，「但『寫作』的暴君又不跟你講道理。」

這比之前的趕稿還慘。趕稿的故事是從我大腦弄出來的，我還能夠控制。但這種從虛空中「閱讀」到的故事處於完全失控的狀態，我若不寫完，我不用吃也不用睡，該死的是故事還非常非常長。

我耗了一個月寫完，足足四部。從大妖殷曼和她的小徒君心相遇，分離又相逢，幾乎死去，然後宛如斷垣殘壁、失去一切的大妖成了人類的小女孩（還有些弱智），跟她的徒兒歸隱。

寫到第五部，我染上了感冒。雖然說中部天氣溫暖，但我因為長期疲勞和睡眠不足，身體非常虛弱，我幾乎是抱著面紙趕稿，偶爾還要衝去洗手間嘔吐。

編輯來看我的時候，表情驚駭又古怪。「……姚，這幾本並不那麼趕。這不在你的寫作進度內……」他的表情像是也想吐。

吐得軟綿綿的我只是揮揮手，我相信這是一種強迫症，因為我還是坐下來，喝了口熱水，繼續寫。

「你別這樣好不好？」編輯叫了起來。

我只能苦笑，眼睛還是盯著螢幕，運指如飛。

你們不懂，不懂這種痛苦。這種凝視深淵，而深淵不但凝視你，還強迫你將故事吐出來的痛苦感。宛如熱病般的焦灼、焚燒，即使已經是灰燼。

這才是真正的驚悚。什麼鬼啊眾生啊，都得排到後面去。他們即使外觀恐怖、行事駭人，但他們頂多就這樣，沒辦法讓你失去自主權。

當我被「寫作」的暴君主宰時，我就成了寫作的奴隸。

身心都已經到了嚴重耗弱的程度時，我寫到第三章，突然一片空白。莫名其妙的，我解脫了。

但我一點都不高興，在我狂奔如此之久後，我居然不知道「後來呢」。

悶悶不樂的看著殘稿，我發現一件可怕的事情。

我將自己寫進小說裡了。

也就是說，我在這部天毀地滅的末日小說中，占了一席之地。我將要跟我筆下的角色面對面。

說不上是什麼感覺……很古怪，有點興奮，但我也覺得恐懼。若這真的是會發生的事情，那也代表，末日不怎麼遠了。

我得好好想一想。

狂寫了幾個月，我的讀者以倍數暴增。

我不是說人間的讀者，而是……呃，你知道的，就那些神啊鬼啊妖怪啊什麼的讀者。他們像是蒼蠅一樣依附腐肉而來，而我的小說，就是那塊發出異味的腐肉。

他們搞不好也討厭這種束縛，但並沒有表現出來。我要誰留在病房裡裝瘋，誰就得乖乖留著裝瘋，只因為我會指名燒簽名書給他。我不懂這有什麼好的，但他們都一副驚喜交集到幾乎哭出來的樣子。

因為有替身可以留在病房裡，楊大夫也睜隻眼閉隻眼，所以我可以光明正大的帶著小司去每個大學閒逛。

「……為什麼是我？」小司驚恐的貼在牆上，「別人不行嗎？別人一定更樂意去……還有，你為什麼要出去？你待在這兒不好嗎？你跟瘟神沒兩樣，想出去製造什麼災難？」

被個陰差這麼說還真令人悲傷。

「你現在可以適應人間了不是嗎？」我靜靜的望著他，他相當不給面子的抖了一下，「眾生我不怕，但人類我就沒辦法。我需要你來幫我擋著人類……你不想來？」

他含糊的咕噥幾聲，「不是那麼的……」

「有讀者說，想看《棺生子》的續集。原本是不打算寫……」

「我去！」小司跳起來，「只要你不寫，什麼龍潭虎穴我都去了！」

我就知道他會跟來。畢竟這樣的心靈創傷真的一本就夠了。咯咯咯咯……

「你能不能不要笑？」小司哀求了，一面撫著胳臂上的雞皮疙瘩。

相逢。

我也說不上為什麼要出去亂走。說不定，我想知道到底發生在哪所大學，這註定的

這種無用的天賦就這點最討厭，語焉不詳，我根本不知道會發生在什麼地方。我只知道大概的時間地點，但這個「大概」，範圍又大的驚人。

我現在所在的療養院在中部的都市。這個都市的大學密度高到令人讚嘆，有一半多的青年人口都是學生。可見這個都市有多少大專院校，而我的第三章卻只有大綱，還沒有詳細的內容。

模模糊糊的，我知道會發生什麼事情，但還沒具體發生之前，我寫不出來。

我決定先去最偏遠的地方，在我們療養院不遠的地方，就有所名氣不小的大學。這附近是個方位非常不利的地方。我也不懂為什麼會把療養院和大學蓋在這附近。

這是個山坡地，就我那票眾生讀者說的，是個正鬼門。

我想我和我的主角要相遇，這倒是個氣氛十足的好地方。

在陽光下，東大是個宛如花園的漂亮學校，但暮色籠罩時，又是另一種模樣。

或許，夜色下的東大才是他應有的面貌。

莊嚴卻陰森，帶著強烈的死氣。畢竟你不要忘了，這是正鬼門所在地。

但也就這樣。

這個學校奠基時應該受到高人指點，做了最完善的風水規劃。我雖然不懂風水，但也覺得很不可思議。原本應該鬧鬼鬧到民不聊生的鬼地方，卻有非常巧妙的破解。在此遊蕩的鬼魂數量真是非常的少，能夠有的靈異也很稀薄。

比較奇特的是籃球場附近的走道，有個幽深的「穴」。會說「穴」，其實是我不知道怎麼形容，那就是一團漆黑的深邃，不知道通往哪。

我用旁聽生的名義進入這個學校，幾乎沒遇到什麼阻礙。原本我以為我的氣質和外表會讓許多凡人嚇得飛奔，但事實卻非如此。

我只能說，大學臥虎藏龍，什麼都有。我以為我夠蒼白、夠異常，但我居然還會遇到更蒼白、比我更像瘋子的同學。

跟我混得比較熟的同學看看那抹如幽影的人，「唷，阿飛也會出來吃飯啊？他不是都宅在宿舍下副本嗎？」

什麼副本？

同學轉過頭來打量我，「看你這麼虛，該不會也是阿宅吧？」啊？

後來我才知道是「御宅族」的簡稱，不過「淮南桔，淮北枳」，許多日本的名詞過海就變質了，「阿宅」成了每天待在家裡打電動的俗稱。

我是沒有打電動，不過從某個角度來說，我也很「宅」，足不出戶的在病房裡苦寫。

「都不交女朋友的啊？」同學打趣我。現在的大學生不知道該說是神經大條還是豁達，居然敢跟我說話，甚至開我玩笑。「就算是一副死娘炮的樣子，長得也不差咩。雖然娃娃音讓人腿軟……你到底是不是男人啊你？」

「……應該是。」我還真不會對付普通人。

「欸，你也來聯誼吧，成天宅在家裡做什麼？」同學很熱心的邀請我，「你別開口，可以讓聯誼的容貌水準往上提升不少。來嘛，成天宅在家裡做什麼？小司你也來吧，幹嘛一臉要吃人的樣子？」

斜著眼睛看他，他還是一臉燦笑。我真的不懂現在的大學生。

本來不想去的，但這個宛如陽光的男生，卻透出一股詭異的黑氣。當然，我可以問名，嘗試「閱讀」，像這樣一點防備也沒有，完全單細胞的死小孩一定很容易。

但我不想這麼做。介入別人的人生不是種好事，不到完全沒辦法，我不想這麼幹。當然我也可以背轉身，當作不認識他。

很不幸的是，我認識了他。若他好死，說不定投胎去，一點麻煩也沒有，萬一死得不好呢？

我的鬼讀者已經太多了，再增加一個一臉燦笑的鬼同學，這跟吳大夫常駐有什麼兩樣？

「……好吧，阿光，我去。」

「就跟你說我不叫阿光了。」同學抗議起來，「我叫做……」

「我不要知道。」我將頭轉開，「我說你是阿光，就是阿光。」

「喂～」

我有點悶的被抓去聯誼。真的還滿無聊的，更無聊的是，我幾乎有了所有人的電話號碼，不分男女。

說不定是KTV太黑，也說不定是現在的小孩都遲鈍到沒有求生本能。居然有人說我「中性美」、「很酷」，很……「特別」。

這個社會真的病了。什麼怪異的審美觀。

不過聯誼過程沒有什麼問題。我開始納悶，說不定只是我想太多。到最後我得拖著喝醉的小司和阿光回宿舍，更加氣悶。

雖是旁聽生，我還是凹楊大夫讓我住進宿舍，天知道他用什麼辦法……總之，我的確住進來了。

月光下的校園，籠罩著正鬼門獨有的死氣和莊嚴。

拖兩個醉鬼是很吃力的事情，將他們扔在草皮上，我坐下來擦擦汗。我看我還是宅在醫院裡好了，最少不用這樣重勞動。

籃球場的地面染滿月色，通亮。

咦？我怎麼走到這邊來？我驚愕了。這不對勁吧？雖然我不怕這裡，但我可是帶著個凡人……

一回頭，阿光不見了。

那個醉到走不動的醉鬼，居然在短短幾秒不見蹤影，我湧起不祥的預感。

「小司，小司！」我拚命搖著爛醉的陰差。

「……賣吵。」小司像是趕蒼蠅一樣揮揮手。

看起來，不使出殺手招不行了。

「我開始寫《棺生子》續集的大綱了。保證纏綿悱惻，賺人熱淚，天上人間的絕世大苦戀……」

「你說什麼？」小司瞬間嚇醒，「你騙人！你不是說絕對不會寫嗎?!」

這招對他真是該死的有效。

終於把他吵醒後，我跟他說了阿光不見的事情。

我們把整個大學用合法和不合法的方法翻過一遍，沒有就是沒有。最後我們回到籃球場，瞪著那團漆黑的深邃。

「……那不是什麼好地方。」小司試圖勸服我，「因為正鬼門被壓抑得太緊，這其實是種不自然的純淨。所以這裡是刻意鬆弛過的鬼穴，附近稍微有點本領的都棲息在此。聽我說，我只是個小小陰差，還是撤職查辦那種……」

他小小哀傷了一下，「要保住你這樣的人身接近不可能的任務……就算那個死小鬼進去了，大約也屍骨無存。坦白說，他會被引誘進去，想必有個前世今生、冤親債主的關係，你何必去蹚這渾水……」

「裡頭有人沒有？」我忍耐著他的廢話，直接問重點。

「什麼人類可以在鬼穴好端端的活著啊？」小司叫了起來。

「那好。」我點點頭，「我們進去吧。」

「……你不要仗著吃過肉芝就很了不起！」小司火大起來，「肉芝是讓你長生不老，不是真的不會死欸！若是普通災禍死亡，那還有個復活的希望……若是燒成灰、粉身碎骨，肉芝有個屁用啊?!真正遇到窮凶惡極的大鬼巨妖，還不是想吃魂就吃魂，想扣留就扣留，我是可以幹嘛啊?!」

「那好。」我點點頭，「我進去，你留在這兒。」我倒是對我說故事的能力滿有把握的，沒辦法，我怕人不怕鬼。「若是我被扣留，想必也是在這兒寫小說。第一部我就決定寫《棺生子》的續集……」

「我陪你進去！就算是外太空我也陪你去了！」小司跳起來，「走吧，還愣著做什麼?!」

唔，其實我也滿憐憫他的。不過是本書，就成了他致命的弱點。只能說太純情不是什麼好事。

我們踏入鬼穴。不過景象倒是出乎我意料之外。

若不要計較顧客的臉孔蒼白慘綠，突出的獠牙和獸角，以及桌子上完整成形的燒人掌、手指湯，我會以為這是家Ｐｕｂ。

我雖然不太涉足這類場所，但還在北都城時，曾經硬著頭皮去福華飯店附近的舞廳取材。我得說，這個鬼穴還真的滿像是家非常巨大的Ｐｕｂ。大約人死成鬼，生前的記憶猶存，其他眾生又接受了人類的文明，所以會有這種鬼穴Ｐｕｂ。

這裡倒不是只有鬼魄而已，最少還有妖怪，我甚至看到一群吸血鬼。真是異樣的種族融合。

我們兩個人走進這家Ｐｕｂ，原本的囂鬧安靜了下來，幾百雙各種顏色的眼睛看了過來，其實有點毛骨悚然。

就像我評估他們的種族，他們也在評估我。我猜想，他們也覺得疑惑。說我們是人，鬼氣又太重；說我們是鬼，人味又太濃。

根據我多年和眾生周旋的經驗，驚慌絕對是最糟糕的表現。越泰然自若越好，因為過分鎮靜往往會讓敵人搞迷糊。

我是作家，還有誰比我更會打迷糊仗？

平靜的，我穿過擁擠的舞池，走向吧台。酒保看著我，眼神雖然不確定，卻帶著職業的笑容。

「嗨，我們是新來的。」我對他打招呼，「很多事情還不太了，不知道可以點什麼？」

「哦，新來的。」酒保偏了偏頭，露出可愛的小虎牙。真是個漂亮的女吸血鬼，「過世多久了？」

「……幾分鐘吧。」我聳聳肩，「誰也看不到我們，也不知道該去哪。就這裡還有點燈光……」

「很難得喔，居然有這種天賦。」酒保放鬆下來，露出一個魅力十足的笑容，「自殺啊？」她瞟了眼小司，「真復古呢，這年頭還有人殉情？但也真新潮，為了個漂亮男孩自殺。」

小司整個臉都綠了，不用裝也很像鬼了。

我猜想整個Ｐｕｂ的「人」都聽到我們的對話，他們很安心的繼續交談、調情、跳舞，吃著桌子上「特別」的大餐。

大家都很滿意，除了臉孔發青的小司。但他一個字也不敢吭。

酒保很熱情的招呼我們，遞給我們兩杯鮮血。我跟她說剛死不久還不太適應這種食物，她也很貼心的換上兩杯清水。

她倒是個好人。我是說，好吸血鬼。

「什麼都滿新鮮的，」我張望著Ｐｕｂ，「我以為吸血鬼不是鬼哩。」

「吸血鬼是爛翻譯的結果。」酒保笑咪咪的，「我們不是。但這裡被幾個混帳道士弄得只進不出，總是要生活的，這附近的厲鬼妖怪都只能來這兒走動了，只好開個酒館維生。好在冥幣和新台幣都能弄到貨源，不然我們也難生存……有空多來光顧我們哪。」

這倒是很新鮮的題材。我笑了起來。

讓我難過的是，吸血鬼酒保很不給面子的發抖。「……你、你將來絕對是個大人物。」

坦白說，我很傷悲。

我讓感傷盡快過去，跟酒保東扯西扯，一面看著廣大的Ｐｕｂ。這家Ｐｕｂ起碼有好幾百人，大得像個運動場，真是一眼看不完。似乎還有些關著門的房間，我若自己去察看，等我找到，阿光也早成了白骨一堆，只能安排下葬了。

這很麻煩，我又不喜歡勞動到警察先生。

雖然有些冒險，但我決定用我最擅長的手段解決。

「酒保小姐，怎麼稱呼妳？」這次我注意不要笑，別人笑是友善的表示，我笑連吸血鬼都發抖，情何以堪。

她燦爛的一笑，「叫我邦妮就好。」

噗，忍笑真難過。一隻吸血鬼的名字居然是兔子。

「邦妮，」我強忍住笑意，「讓我為妳說個故事。」

事實證明，吸血鬼也聽故事的，搞不好還特別容易中招。我說了個吸血鬼和人類戀愛的故事，她聽得頻頻拭淚。

「然後呢？」她擤了擤鼻涕。

「然後呀……邦妮，妳先告訴我，」我穿插在故事裡詢問，「Ｐｕｂ裡頭有人類嗎？」

「有啊，」她迷迷糊糊的回答，「有個自殺的女鬼將他拐進來，聽說是他以前的女朋友。他們在那邊的房間裡……」她指了指吧台不遠處的門，「別管他們了，後來呢？」

我盡心盡力的說完這個故事，她伏案痛泣，連我悄悄離開都沒發現。一轉頭，發現小司張著嘴，不但陷入嚴重著迷狀態，臉頰上還掛著兩行清淚。

……真是夠了。

「你哭什麼？」我沒好氣的說，「那是我拿來拐人的，根本沒那回事。你哭啥？」

小司這才清醒過來，卻哽咽的泣不成聲。

……我為什麼要選他當我跟班啊？

悶悶的推開門，我受到一種強烈的驚嚇。過去的經歷洶湧而至，讓我突然失去了聲音。

阿光雙眼無神的坐在地上，懷裡依偎著一個腐爛得非常厲害的女鬼。看到我們闖入，她爛得連眼皮都沒有的眼珠子，怨恨的瞪著我們。

氣味、眼神、場景，我幾乎沒辦法動彈。

我以為我已經遺忘惡夢，我以為。我經歷了這麼多慘酷和恐怖，我以為我早就可以將任何事情一笑置之。

我真的這樣以為。

但那最初的經歷，最初的、將我逼瘋、讓我噬母的女鬼，將容貌轉印在我身上的女鬼，甚至將怨恨留在我身上的女鬼……我只是掩蓋，從來沒有忘記那種最初的驚悚。

第一次，我想轉身就逃。我害怕，說真話，我雙腿都在發抖。明明我知道，這不是同一個女鬼，不是。

但我沒辦法壓抑記憶裡的驚恐，相同的場景、類似的主角……同樣雪白的房間，同樣的青年和同樣的女鬼。

摀住嘴，我開始嚴重的反胃。

「姚夜書，你怎麼了？」小司一臉古怪的望著我。

甚至有個類似的陰差。我稍微寧定了些，稍微。「沒……」

我話還沒說完，那女鬼發出尖銳的嚎叫，拋下了阿光，撲向我。我明明知道她只是透體而過，並沒有開膛破肚，我知道。

但極度森冷的鬼氣侵入我的身體，簡直讓我凍僵。這不是尋常的鬼氣……我心頭一閃。她接觸了我，我也「閱讀」了她。

她是妖異而不是厲鬼。

「妳做什麼?!」小司暴吼，將手底的鎮魂牌打了下去。

即使她是妖異，主要意識還是由厲鬼組成。陰差神格雖然不高，但萬物相生相剋，特別剋制鬼魄。

若不是小司插手，我體內的微塵就被奪走了。

她被打得慘哭嚎叫，「我要吃！我要吃！我～要～吃～」

她整個人爛糊糊的融化掉了，像是一團髒兮兮的果凍。我看著這個變形蟲似的妖異，驚覺她打算幹什麼之前，將呆滯的阿光拖到一邊，她撲了個空，融化掉了一張桌子。

我相信吸血鬼老闆應該負擔得起這種損失。但我不希望太大的騷動引起其他人的注意。

「小司，解決她。」最初的驚駭過去，我現在可以冷靜思考了，「她現在是妖異！」

我相信小司大吃一驚，因為他跳起來了。

妖異，這種最低等的雜鬼。為了生存的欲望，什麼都吃，生物、無生物，通通一吃了事。但妖異一直很難成大患，一般妖異因為吞吃太多生靈，各個生靈的魂魄會互相搶奪主宰權，等搶奪有個結果，又往往吞吃了更強大的生靈，周而復始。

只有極其少數的妖異可以擁有一貫的主宰權，但數量稀少到只有個位數。

這就是妖異難成大患的主因。我猜想她的屍體或者是魂魄讓妖異吞吃了，但強烈的執念讓她搶到主導權。我不能明白的是，她看起來新死不久，是怎麼可以統合這隻妖異……？

我「閱讀」她，在混亂中，只有一粒閃亮的微塵漂浮在亂七八糟如暴風的思念之上。

這跟從馬桶裡頭撈出飯糰一樣討厭……更討厭的是，我還得吃下那顆飯糰。

但情形不容我遲疑，小司應付鬼魂是很專門，但一個聰明強大的妖異真的不是他的專長。在他被殺之前我得趕緊去做這件討厭的事情。

我徒手插進妖異軟爛如泥漿的身體，強忍住噁心的感覺，挖出那粒微塵。

她發出驚人的嚎叫，反過來要包覆住我。我一面乾嘔，一面將那粒閃亮嚥下去。

大約一個禮拜內，我只能靠點滴過日子了。

失去微塵，龐大的妖異立刻崩潰。這證明了我的猜想。她一個新死不久的鬼魂，是仰賴微塵搶到主導權，就像我仰賴微塵保持清明不完全瘋狂一樣。

阿光驚醒過來，瞪著我，又瞪著地上崩潰的妖異。看起來似乎受到過度的刺激。

情急之下，我喊他的名字，「唐松智！我為你說個故事！」

渾渾噩噩的人類立刻陷入被束縛的狀態。

「你現在只是在做個巨大的惡夢。」我放柔聲音，雖然我知道這鬼怪窩被妖異的慘叫鬧翻過來了，「只要跟著我跑，就可以離開惡夢，明白嗎？」

阿光呆呆的點點頭。

「這只是夢，真的就是夢而已。」我一再強調。

不救就不要救，救了就要救到底。我可不希望煞費苦心，結果救出來的人精神失常。

楊大夫已經太忙了，我不該增加他的工作負擔。

握著門把，我身心沁滿了汗。這可是我從來沒幹過的事情。卡莉的玩具箱那次不算，那算是誤打誤撞。

霍然打開門，在青面獠牙、窮凶惡極的妖怪厲鬼面前，我大叫，「停住！我為你們說個故事！」

我沒有把握。

但我該說老天爺賞飯吃，還是說大家很捧場？他們停滯住了，臉孔帶著不確定的狂熱。

這可是好幾百個妖怪和厲鬼豎尖耳朵聽我說故事，講個不好就完蛋了。我若不替自己煩惱，也該替身後那個無路用的陰差和更沒出息的凡人煩惱。

但眾生百百種，性情各異，要說到人人滿意又很困難。

不過，每個人只要聽到跟自己有關的事情，都會不由自主的注意起來。

「有這麼一家奇特的Ｐｕｂ，位在正鬼門的中心。來往的都是被道士的奇門遁甲困在此處的眾生，即使如此，仍舊笙歌不絕。」

我觀察著他們的反應，無一例外的，陷入更深的著迷狀態。

我賭運真的好，瞎掰的能力也真是絕無僅有。指了指額頭的汗，不禁有些自豪。在這麼緊迫的時間內，我居然拿了今晚發生的事情說故事，也算是有急智了。

一面說，一面帶著小司和阿光往出口處慢慢移動。幾百隻妖怪厲鬼，若動作太大驚醒他們，一人一爪，我們三個剛好粉碎，想拼圖都拼不起來。

所以我動作很慢，尤其在幾百雙顏色不一的注視下，壓力真的非常大。尤其是我轉哪個方向，他們亦步亦趨的隨著我轉，隨著我走。

我想我後背一定溼漉漉的。

在這種巨大壓力下，我發怒了。為什麼我又陷入這種險境？我發誓，若能過得這一關，我絕對不再多管閒事……不對，我再也不跟任何人說話，省得認識以後造成更多亂七八糟的麻煩！

……說起來，這是我第幾百次的發誓了？我真的很悶，也很氣自己。

距離門口大約十五步的距離，我退得稍微快了點，隊伍最後面的妖怪還是厲鬼沒聽到我的聲音，立刻大怒的衝到隊伍前，我發出一身冷汗，「然後他們圍在門口，準備把這些不知死活的入侵者吃個乾乾淨淨，那些入侵者當中的一個開口，『站住！我為你們說個故事！』」

那些清醒過來的妖怪又陷入著迷狀態，但我全身都溼了。當真是汗透重甲。

雖然我想尖叫著逃出去，但這時候急不得。問題是，生死關頭，我居然還不願意說些廢話拖時間，我討厭我的堅持和我天殺的多管閒事。

故事到了盡頭，我的大腦突然一片空白。完蛋了！我沒預料到這邊。既然我說得是真實發生的故事，當「真實」還沒有發生，我的「故事」就沒有進度。

幾秒尷尬的空白，我們離門口只有三步。妖怪厲鬼眼中的狂熱漸漸褪去，殺意倒是浮了起來。

這真是最糟糕的狀態。

「……門打開了！」我脫口而出，「在令人睜不開眼睛的光亮中，出現一道危險的身影。那是一個退魔師，接受了校方的委託，來加強鬼穴的封印。」

我定住了所有的妖魔鬼怪，而門真的打開了，一個滿臉鬍子的男人和我面面相覷。

趕緊將小司和阿光推出大門，我也趕緊躲到那男人的身後。那個男人很快的恢復過來，對著鬼穴高聲誦唱著聽不懂的經文，在極度刺眼的光線和梵唱中，鬼穴的眾生發出尖銳的慘叫，再次被鎮壓封閉。

冷風吹過，我顫抖了一下。冷汗加冷風，回去非感冒不可。

我猜想，那個滿臉鬍子的男人就是什麼退魔師吧？

正想道謝，他卻抓起桃木劍往我天靈蓋敲下去，要不是小司動作快，搞不好我的腦漿就出來相見歡了。

因為他偏到旁邊的劍勢，砸壞了三塊紅地磚。

我趕緊逃遠一點，他不依不饒的揪著小司，用劍指著我，「大膽妖孽！居然想要倖免？納命來～」

……我有那麼不像人嗎？

但我看著四分五裂的地磚，覺得不要跟他硬碰硬比較好，我趕緊喊住他，「等等，你是退魔師吧？」

「正是！」他氣勢十足的挺胸，「任何妖孽都逃不過我的掌心。」

「好，你知道退魔師的天敵是什麼嗎？」

「我沒有天敵。」他正氣凜然的說。

「有的，」我搖著食指，「聽好，退魔師的天敵就是……退『退魔師』師。」

這是個古老的笑話，但我想這樣滿懷正義感的退魔師應該沒聽過。而且，陸判官說我抄電話簿都可以迷惑眾生，那老笑話應該也可以吧？

他很捧場的大笑特笑，笑到抓不住小司。

我趕緊加重劑量，「所以，退『退魔師』師的天敵，就是退『退"退魔師"師』師囉……」

他開始在地上打滾，笑得聲嘶力竭。

……這樣也行？我摸了摸完整無缺的天靈蓋，嘆了口氣。

我轉頭對阿光說，「故事到尾聲了。你回到房間躺下，天亮的時候只記得做了場惡夢，但忘記做了什麼惡夢……」雖然不喜歡這樣做，但我實在受夠了，「並且忘記我和小司。」

他用夢遊的神情看了我好一會兒，茫然而溫馴的走了幾步，又回頭。

慘。難道我的故事失效？

「謝、謝謝……」

該死的，別謝我。每次有人說謝謝，我就得拿命去拚。「……快去睡吧。」

笑到嘶鳴的退魔師恨恨的抬起頭，無力的指著我，「你、你……」

我累了。深深的嘆口氣。折騰了一整夜，我真的累死了。這樣跑跑跳跳，我的背包居然還在。我將出版社送來的樣書隨便的抽了一本，扔在他面前，「看罷。」

退魔師有些腿軟的爬起來，破口大罵，「我為什麼要看……」他低頭，就著路燈看到翻開的書頁，然後就蹲在那兒不動了。

我猜這個退魔師有濃重的眾生血緣吧？後來他成了我死忠的讀者，還曾經熱心的想「清君側」，被楊大夫攆出醫院。

眾生眾生，不知道是他們禍祟我，還是我降災給他們。

這倒是很值得深思的事情。咯咯咯咯。

第四話 相逢

我幾乎逛遍了中都所有的大專院校，但都不是我要找的地方。除了惹不完的麻煩，似乎沒有什麼進展。

讓人特別氣悶的是，這年頭不知道哪來那麼多驅魔牧師、食罪人和道士，幾乎一看到我就喊妖孽，我雖然淡到影子都快看不見，好歹也是個有血有肉的人類，但他們一概視而不見，衝過來就喊打喊殺。

剛開始還會講理，講到最後我就懶了。反正有人衝過來，我就扔本書給他，所以許多正義感強烈、誅妖除魔為使命的神職，幾乎毫無例外的中招，成為我的讀者。

其實我不想要這些讀者的，他們比眾生麻煩許多。他們總是過度熱血和熱情，連我逃回療養院，都會用各式各樣的方法打聽，然後按鈴要求會客。

過度頻繁的拜訪（還是該說騷擾？），讓楊大夫的臉孔發黑。

「你到底想做什麼？」他最近很忙，一到下班就跑得不見蹤影，但是護士對他抱怨，他就跑來找我質問。

「……沒幹嘛，就想念點書。」

他一點也不相信我的藉口。狐疑的看我一會兒，「我覺得你多接觸社會並不壞，但不是接觸這些高來高去的高人。」

他們一點也不高，相信我。當你看到一個聽說修得很高超的世外高人捧著你的書痛哭流涕、笑得前俯後仰，真的不覺得他們高到哪去。

「不是我想認識他們，真的。」我發誓，「是他們剛好看了我的小說。」

「能當上高人，通常血統都比較複雜。」楊大夫含蓄的說，「你別用你的書去誘惑他們，這對他們來說特別難以抗拒。」

我也不願意。但天天跑來喊打喊殺，這是讓他們住手最快的方法。「……我盡量。」

他沒多說什麼。我相信他覺得找我談過可以對護士交代，我也盡力敷衍過他了，也能對他交代，皆大歡喜。

其實我也很煩，幾乎想放棄了。這些日子在外面亂逛，越逛我心情越沉重。

我很想否定自己親筆寫的小說，我並不想相信末日即將來臨。當然世界一定會毀滅，但不應該在我眼前。那應該是幾百萬年後的事情。

但我最近親眼所見的，卻讓我很煩躁。

有句話說，「國之將亡，必有妖孽」。但事實上，末日將臨各種反常現象就會層出不窮。像是異人輩出，妖怪和鬼魄猖獗。

這很像是生了重病的人體反應。為了驅除危害身體的病毒或細菌，往往有激烈的生理反應。

最少短短幾年間，人間喧騰囂鬧，有股不安而沸騰的氣氛。

我想遇到我的主角，但我也不想遇到他。這真是強烈的矛盾。

我逛到最後一所大學，說不出是鬆口氣，還是強烈的遺憾。

這是所位於夜市中心的大學，常被人家笑是「夜市附屬大學」。我會把他放在名單最末，是因為他人氣旺盛到可怕，連我這樣身有鬼氣的人都感到不舒服，更不要說眾生。

照我的小說設定來說，我的主角雖是人類，卻以妖入道，是個道妖雙修的少年。這種人怎麼可能在這個人氣濃厚到接近窒息的地方上學？

但是世事就是這麼奧妙，越說不可能，往往就是那個「不可能」。

我來到這個學校的第二個禮拜，就遇到了我的主角。

我想，我的確很興奮、激動。激動到……想耍耍他。

「小司，」我不由自主的嗅著那個倒楣的陰差，「有個大妖怪混到學校來了。似乎是個很凶惡的妖怪……」

他跳得半天高，「在哪？在哪裡?!」

我指了指沉著臉的少年，正義感強烈的小司立刻衝上前去。

不知道他會有什麼反應，咯咯咯咯……

看著他，有股強烈的感覺湧上來。

這是一種很妙的感覺。原本只是筆下的主角，卻出現在現實生活中，和你所刻畫的種種特質絲絲入扣，一毫不差。現世和虛擬，居然這樣契合。

這產生一種深重的違和感。

我知道，等等他會被逼出原形，因為這個奇特的主角有種雞尾酒似的體質，融合了許多奇怪的妖氣。所以他耳朵上爆出蝙蝠似的翅膀，我不覺得奇怪，他會呼喚某種會傷人的珠雨，也不奇怪。

但我不替小司擔心。他是身有死亡神威的前任陰差，神格再怎麼不高，還是人魂的剋星。我挑撥他們打這一場，就是想親自觀察他們的武打動作和招數。你知道的，這是我唯一在現世遇到的主角，這種取材機會真是千載難逢。

筆記抄得正樂，小司被逼急了，居然拿起鎮魂牌打了我的主角。

哎呀……這可不好。我不贊同的搖搖頭。體質有再多妖氣，他本質上還是個人類。這一打豈不是打壞了嗎？

我正想開口阻止，小司已經臉孔蒼白的停手了。「……你是人？」聲音還微微顫抖。

「你沒長眼睛嗎？」吐血還倒在地上的主角看起來不太高興。

「……姚夜書！」小司吼了起來，暴跳如雷的，「你騙我說有妖怪溜進來了！」

「呵。」我遮著嘴，怕我的笑嚇跑了主角，「我又不會分。反正你也沒打死他呀，小司。」

這雖然是睜眼說瞎話，我倒是心安理得。唬爛本來就是作家的天職。

「我拿鎮魂牌打無辜的人類……」小司望著手上的鎮魂牌，發出淒慘的尖叫，「我什麼時候可以回地府啊～」咻的一聲，他逃避現實的跑個無影無蹤。

傷害無辜人類的陰差是要挨罰的。不過小司惹的禍又不只這一條。你還想回地府？慢慢等吧。我看一輩子都不會有機會。

蹲著端詳我的主角。我知道他叫做李君心，我也知道他的一切愛恨情仇。我拚命回憶友善的笑長什麼樣子，希望效果不太差。

「那個傢伙……」他顫著手指，指著小司逃跑的方向。

「你說小司？他是地府的陰差。勾司人你知道吧？」我盡量保持友善的笑容，坦白說，我興奮得有些失常，「小司呀……殺妖怪是不怎麼俐落，剛好是人類的天敵。」

「你……你……」君心瞪著我，他眼底的恐懼和狐疑昭然若揭。

「我是人喔。」雖然看起來不是那麼像，我依舊是人類。只是此時此刻我亢奮到有些壓抑不住。我見到我筆下的主角，成為故事裡的一部分。這簡直是作家最終的夢想。

跨越現世和虛擬的阻礙，真實的面對面。

「對了，你要不要看看我的故事？我是小說家哦。」我準備好久的原稿終於有機會遞出去了。我真的很想知道他的反應，非常非常的想。

他原本要接過來，就跟所有眾生相同，不知道為什麼縮了手。「不，謝謝你。」

「啊，好棒的野獸本能啊。」我不禁讚嘆，忍不住的咯咯笑了兩聲，「小司若有你一丁點野獸本能，也不會被我拘束在這兒不能回陰府呀。」不禁有些自豪，我的主角相當聰明有個性，直覺靈敏。「你真是個有趣的人。」

可能是盯著他太久了，我看他僵住了。先這樣好了，既然他到了這個學校，想跑也跑不掉。

「有機會再見吧。」我忍不住輕拍他的臉頰，太妙了，我居然可以摸到筆下的主角，「我也在這兒念書喔……」

自從我遭逢巨變之後，第一次暢快的笑起來。但據小司說，方圓五里內長了腿能跑的，幾乎都跑得乾乾淨淨，沒跑的是因為嚇得走不動。

這真是令人傷心的事實。

不過，我知道，我會再次與君心見面。照設定，他是個正義感強烈的人，會想辦法歸還我「遺失」的重大傷病手冊。我希望他能主動來找我。

我耐心並且熱切的等待著。

但左等他不來，右等他也不來。我開始有點發悶。他不來我就不能讓他看小說，我最想看到的感想，是主角的反應。

他不肯理我。

這有點傷腦筋。於是，我挑撥了讀者幾句，誇獎君心是個很妙而且本領高超的人。我是不太懂為什麼讀者之間有微妙的競爭意識，我也向來不去做這類事情的。

但惡整筆下的主角，我很心安理得。這大約是作家枯燥的寫作生涯唯一的樂趣。

咯咯咯咯……

我相信他吃了不少苦頭，雖然我的讀者紛紛掛彩。

奇怪的是，他說什麼都不肯來找我。寫了這麼一個這麼有個性的主角，是幸還不幸啊？

我乾脆去找他，結果令我啼笑皆非。

他居然問我是不是愛上他。真是本年度最大笑話。我勸他看我的小說，但他的求生本能非常強烈，斷然拒絕。不管怎麼威脅利誘，他就是不為所動。

我感到一點挫折，但也覺得非常有趣。

小司看我整他整得很不忍心，偷偷跑去跟他談了一次。我知道他會爆料啦……會爆些什麼料我也心知肚明。但我沒有阻止他，甚至裝作不知情。

你知道的，有些事情看似偶然，卻是絕對的必然；但有些事情看似必然，卻不是那麼絕對。我對這本末日小說有著高度興趣，因為真正的結局我還不知道。

而關鍵，就在我現世遇見的這個主角身上。

就在小司和他詳談之後，他鐵青著臉來找我，正好我在吃飯。

難得學生餐廳的葷素是分開煮的，這麼多年，我的飲食障礙還是存在。一盤青菜和半碗白米飯、一杯果汁，就是午餐了，而且通常吃不完。

若不是維生，我是寧可不吃的。

他拉長了臉，將重大傷病手冊推過來。雖然延遲這麼久，總算是等到他主動來找我了。

「哎呀，我還以為弄丟了呢。」我稍微假裝了一下。

「不就是你故意弄丟給我看的嗎？」他看起來頗煩躁。「你到底有什麼用意？你還有什麼心願未了？」

「心願？」這天外飛來一筆，讓我有點摸不著頭緒，「人活在世上總是會有許多心願的。」

「但是你陽壽已盡。」

小司連這都爆料了，嘖嘖。回去看我怎麼整他。

「但是我小說還沒寫完呀。」我胡亂吃了一點青菜就吃不下了。我真的該去練辟穀，只是我練來幹嘛？「而且陽壽已盡的又不是我而已。大妖飛頭蠻……」我笑著，觀察著他的反應，「她的陽壽早盡了不是？」

這果然激起他的狂怒，一把拽住我的手腕，有夠痛……但他的反應讓我笑個不停。他真是個有趣的人。

「我不會給你機會害小曼姐。」如果可以，他會巴不得衝上來咬我兩口。

「為什麼我會害她呢？」我悠閒的看著他，「因為我是瘋子？但我還是個普通人類，也不怎麼想要承擔人命的沉重。我和大妖飛頭蠻有什麼不同？同樣都陽壽已盡，還賴在人世不走。為什麼你認為她的命比較重，我的命就如羽毛？」

忍不住，我輕輕摸著他的臉龐，「我和你，可都是人類哦。」

他一把推開我，很明顯的起了雞皮疙瘩。

「看看我的小說吧。」我掏出準備很久很久的原稿，「看了我就不煩你。」

遲疑了一會兒，這次他接過了原稿。

那天晚上，我回到宿舍，深思了很久很久。我知道，我面臨了一個抉擇。

我被女鬼逼瘋的時候，仰賴微塵保持了部分清明，所以沒有全面性崩潰，但這微塵並不是我的。

這故事是我寫的，我當然知道，君心歷經許多磨難之後，正在奔走著尋找微塵，希望讓大妖飛頭蠻的魂魄完全。

我可能很喜歡惡整筆下的主角，但我對他們都抱持著特殊的情感。可以說，我愛他們，每一個人。

我不喜歡寫徹底的悲劇，總是在無可轉圜中保留一些些希望，維護一種底線的正義。因為我愛他們，我希望他們能夠堅強的活在虛擬的小說世界，就算是假的。

但現在，反假為真，我在現世遇到我的主角們，我知道他們在做些什麼努力，但我若為了自己扣留這粒微塵（或說三粒微塵），他們做再多的努力，大妖殷曼的魂魄註定會有缺陷。

我沒當過父母，但現在卻有父母的心情。說不定，我早就決定這樣做了。

看似偶然，卻是一種必然。

第二天，君心像是要殺人一樣，帶著兩個黑眼圈來找我。此時此刻，我的心情很平靜。

「後來呢？」他的聲音不知道是憤怒的顫抖，還是恐懼的顫抖，或許兩者都有。

「我不知道。還沒發生不是嗎？」

「這明明是我和小曼姐的故事！」他怒吼了。

深深吸一口氣，我注視著我的主角。

他瞪著我，滿眼驚駭。我猜他害怕我既然能夠書寫他的過去，很可能也可以篡改他的未來。我明白這種憂慮。

「不是。」我誠懇的望著他，「這是斷頭的小說之一。我還不知道後面怎麼樣，所以還沒辦法寫。這是我眾多長篇連載當中的一部。」

默默的，斜著眼睛看他。在我努力控制的時候，我可以顯得正常一點。但我突然覺得正不正常無所謂。

「我可以苟存下去，就是因為這些故事。我喜歡寫，但我也討厭寫。我喜歡這些讀者，卻也恨他們。」喃喃的，像是對自己說話。在我的主角面前，我無須掩飾什麼。

「我的生存意義只剩下寫，像是被什麼附身一樣鞭策著前行。我已經很久很久沒睡好了……但是讀者還是在催稿呢。」

凝視著虛無，回首前塵往事。我感到空虛，但也有釋然。「……說不定，我不是被鬼魅搞瘋了，而是我本來就已經瘋了。從我會書寫眾生以後，可能就已經瘋了吧……瘋的這麼徹底，瘋到我想見見你，見見我筆下的主角……」

我不知道歸還微塵，我還能不能保持寫作的清明。但我只要還能寫，寫作的暴君應該也不會放過我吧？我沒有不寫的權力，也沒有死亡的權力。

事實上，我一無所有。所以我不怕，一點都不怕。

「在我寫完所有的故事之前，我應該，不會死吧……」我咯咯的笑起來，「我的眾生讀者不准許我死去，也不准我老吧……看你這麼有精神，我就放心了。」

當歲月帶走所有我熟識的人，你，我的主角，還會活在時光長流中，等待和我重逢。

我知道這是真正的無期徒刑，我知道。但我依舊要咯咯笑著，運指如飛的寫下去。永遠永遠的說著故事。

「……現在還來得及吧？」他不悅的說，「人類就是人類，和眾生不該牽扯太深！擺脫這種無謂的因緣，就可以回到人世正常的生活啊！你……」

早已經來不及了。但讓我重來一次，我還是甘願走這條路。我不後悔。

「不要。我要一直寫下去。當然，我不會寫你們後來的事情……總有一天，命運會告訴我，你們的故事。」

我將注視到最後，我想。直到天地毀滅，或者我本身毀滅。

「這個還你吧。」我吐出微塵，「就是這個小東西保住我最後一絲靈智。還你吧……我要繼續當我的瘋子了。」

「為什麼？」他大惑不解，「為什麼你能自動放棄還我？」

我瞅著他，「人類是很貪婪的啊……但是各有所貪。仁者貪仁，智者貪智。父母貪子女，愛人貪愛人……你真的是個非常有人味的人……」我笑起來，「你不也貪著大妖飛頭蠻，貪她的一切，連死亡的安寧都不給她麼？」

但這不是我想貪的東西。我想貪的早已經蝕骨腐心，誰也拿不走，連我都不行。

或許這世上的一切都各有註定，或許我就遇到那個必然。我會拿到這粒微塵，就是為了和我的主角邂逅，見過面，我已經沒有任何遺憾。

但我站定了。因為我突然知道「後來呢」。我想到那個聒噪得令人受不了的道士讀者，忍不住彎了嘴角。

「對了……」我遠遠的對他喊，「有段情節還沒寫，但是應該要發生了……你會得到一個常常吵架的道士朋友哦……」

然後我轉身就走。小司跟過來，我忍住笑，「快去阻止司徒禎。」

「什麼？」小司摸不著頭緒。

「雖說不打不相識，但打壞了誰反而結仇就不好了。你去勸解勸解。」

拋下小司，我狂笑而去。

失去微塵，我卻維繫了一種恐怖平衡。在昏亂瘋狂與清明冷靜當中，找到一個平衡的點。

或許，我看起來更糟糕，表情更不正常。但我知道，因為捨去這最後可以捨的微塵，我已經是個真正的人了。

這倒是值得開心的事情。

第五話　歿世

自從遇到我書裡的主角君心之後，我的生活漸漸穩定下來。我不再離開療養院，畢竟要維持平衡就很累了，我需要簡單而規律的生活，醫院是最好的地方。

我的重心還是寫作，不寫作的時候就閱讀，若需要交談，我房間裡大大小小死的活的讀者就夠我聊到沙啞了。

圈在這個監牢，我看似是個囚徒，但非常安全。而這個世界變得越來越動盪不安，當然我不是說戰爭核爆之類的。

雖然無法真正「閱讀」到完整，但我知道，黑暗的末日要來臨了。或許十年後、五年後、明年、明天，或者下一刻。即使是我，也沒辦法「閱讀」完整。

發生過的事情，有時候會強迫讓我閱讀，清晰得像是摸得到。未發生的事情就模糊太多了。

一個災禍的預感懸在前方，我常常注視著註定的毀滅，默然不語。

但很奇怪，我只是安靜的寫著我的故事，卻不特意去寫末日。說不定，我還懷著某種期待。

比較迫切的是，因為長生不老帶來的麻煩。等我四十歲還是這個模樣，編輯已經開始害怕了，即使都幾十年的交情。他不再來探望我，改讓副編來。

過了十年，連副編都開始怕了。

默默的，我要求退休。因為我沒有社會的行為能力，所以出版社用我歷年來的版稅，預付了一筆優渥的住院費，夠我再住個五十年，但我煩惱五十年後我該去哪。

說不定不會有五十年的安定。我決定不去想這個。

事實證明，這樣的想法非常睿智。的確如此。

*　*　*

其實我不能確切的想起那段發生的事情。或許是一切都太混亂，太多死亡和眼淚，我一直努力維持的平衡崩潰了。說不定，我還在劇烈的震災中死亡，說不定。

距離我遇到君心後三十餘年，發生了一起世界性的災難。這災難是全球性的，海嘯和強烈的地震，據說全球失去了百分之十的土地，幾億的眾生和人類。

但災難來臨的時候，我卻反常的沒有什麼記憶。

等我清醒過來，發現我埋在瓦礫堆中。眾生讀者發出來的囂鬧紛亂，通通消失了，死寂般的安靜。

我無助的躺了一天，腦筋一片空白。等日落月升，我才想起自己的名字。

「小司？」我困惑的喊著他，眼淚突然衝進我的眼眶，本來有些莫名其妙，但經過喚名，我突然知道了他的結局，和我的眾生讀者的結局。

為了保住這個殘破的世界，許許多多死的活的生靈，甘願的奉獻自己沉睡在大地之下。我的讀者們，包括小司，為了讓我還可以活下去，還可以繼續寫，他們將自己獻祭了。

用重大的犧牲，阻止了末日，留下一個斷垣殘壁似的世界。

我連呼吸都不敢用力，不敢去想任何人的名字。我害怕閱讀到任何人不幸的結局。

等我費力的將自己挖出來時，我有些暈眩。整個中都，成了一個巨大的廢墟。

除了我以外，似乎沒有其他人。

龐大而孤寂的寂寞壓迫而至。倖存似乎是種嘲笑、是種酷刑。

我在空無一人的廢墟裡獨行。

我所在的療養院距離市區有段距離。原本平整的六線大道柏油扭曲翻起，像是斷裂的彩帶。

說不定市區還有人煙。我抱著微弱的希望步行，直到我找到一輛翻覆在路邊的腳踏車。我猜想他的主人用不著了……他的屍體已經腐敗，根據經驗，起碼一個禮拜以上。

我放鬆自己，不再去努力維持平衡。這個時候我不想要清明的神智，瘋狂的渾沌起碼可以阻止我去閱讀任何人的名字。

什麼時候都行，就不要這個時候。無用的天賦，只會壓垮現在的我。

我將心力轉到腳踏車身上，像個強迫症患者只能注意著踏板的起落。幸好一路都是下坡路，因為我起碼有三、四十年沒騎腳踏車了。

一路上都是死屍，但我視若無睹。長長的車陣撞成一堆又一堆的廢鐵，我連看都沒多看一眼。

因為在這樣死寂般的安靜中，我沒聽到任何生命的聲音。所以，我不用去看，也不用去想。我只專注著踏板的規律，小心避開障礙。

我用瘋子才有的冷然隔絕深刻的心靈傷害，不然我滿是縫隙的靈魂恐怕早就受不了這種殘酷的悲慘。

痲木的、機械似的往市區去。等我抵達已經疲憊不堪，既餓又渴。市區意外的沒有遭受到太沉重的破壞，最少比我想像的好得多了。

但依舊一個人也沒有。唔，不算七橫八豎的死屍的話。

便利商店早就沒有電力供應了，但我還是用磚塊打破了玻璃，盡量找齊了食物和飲水。我還在後面的員工休息室找到了背包。

我在這個荒寂的城市亂逛，直到日暮。太陽在玻璃帷幕閃爍著最後的金黃燦爛，這個時候，我允許自己哭出來。

若我是最後一人，要埋葬一整個城市的屍體，不知道要多久。

但我發現，這個問題很快就獲得解決。當然，新的問題也隨之浮現。

入夜後，我發現了兩件事。

第一，我無須埋葬任何屍體。因為有「人」會清理。

第二，這些不知道從哪冒出來的「人」，聽不懂故事。

更糟糕的是，他們對活人的興趣，似乎遠高於腐敗的屍體。

我瞪著搖搖晃晃，露出獠牙，腐敗得非常均勻的活死人，心裡暗暗喊了聲糟糕。當我取得清明的理智，我就回想起我自己寫的故事。

這是一種近年的流行，各國發狂似的研究「病毒零」，希望研發出強壯而便宜的士兵或員工。換句話說，就是想要操控殭屍。

這巨大的災變毀滅了許多人的生命，大約也毀滅了實驗室之類的機構。這狡猾的病毒偷偷溜出來，反過來吞噬倖存者。

也算是某種形式的自食惡果吧？

當我發現，他們沒有足夠的靈智可以聽我說故事時，我產生一種極度荒謬而好笑的感覺。

小司和讀者希望我活下來，是因為不捨我的故事。但現在，我卻要被聽不懂故事的軍事副產品宰了。

「秀才遇到兵，有理說不清。」我喃喃著，嗤笑出來。

皺緊眉，看著越來越小的包圍圈，我應該是附近唯一的活人，看看這數量龐大宛如蝗蟲的殭尸。

喊救命有用嗎？我想大概沒啥用，反而浪費力氣。

打不過，就加入他們？如果我也感染病毒大概可以逃過一劫。既然我被埋在瓦礫堆都可以復活，感染病毒大約也還行。但首先不能被吃個支離粉碎。問題是，這很難。

不知道為什麼，殭尸沒有撲上來，反而謹慎的、小心的圍攏包圍圈。似乎有種類似恐懼和不解的情緒，降臨到他們之間。

……因為我是身有鬼氣的活人，清明的瘋子。我代表異類不能了解的秩序和反秩序。沒有足夠的靈智理解故事內容，卻有十足的眾生本能。

我開始背九九乘法表，他們停下來。因為我靠著牆，所以是半徑五公尺的半圓將我困住，但他們也恐懼的被理智和秩序困住。

就這麼對峙著。

一直對峙到天矇矇的亮，這些殭尸不甘的哀號著，搖搖晃晃的紛紛散去。

背了一夜的九九乘法表，我也嘶啞了，渴得不得了。

看起來他們畏懼陽光。我現在有點擔心，雖然中部陽光普照，偶爾還是有陰雨的時候，那時候可不太妙。

我起身，有些僵硬的走到陽光照得到的小花園。其實不過是個大一點的安全島。不過，不管發生什麼災難，小花小朵還是純淨的譁笑，為了陽光而歡欣。

躺在還有露珠的草地上，我精疲力盡的睡去。直到睡醒，才發現身邊有堆白骨。看起來是讓殭尸吃殘了。

這麼多年的蝸居，我看了許多亂七八糟的書和資料。從細小的骨骼和骨盆判斷，應該是女性。雖然鬼氣濃重，魂魄傷痕累累，我依舊是個人。在可能的範圍內，我並不喜歡這樣曝屍於野。

我找了段鋼筋，設法掘出一個洞，好安埋這個不幸的女人。雖然我知道，她魂魄根本不在這裡，或許我只是在安慰自己。

甚至，我在墳前灑淚。儘可能的行哀禮。

哭完以後，我覺得平靜許多。原本費盡苦心才能夠維持的平衡，也容易些了。這時候，我有種被注視的感覺。

猛然回頭，卻什麼也沒看到。

太陽又要落下了，我找了個大汽油桶，設法收集一些木材和食用油——因為我真的不知道怎麼從停電的加油站把汽油弄出來——開始熬著，等。

這次聚集的殭尸更多、更密集。但他們畏懼火光，離我稍微遠一點。我喃喃的繼續背九九乘法表。真好笑，這是我當年跟地基主學來對付倀鬼用的。都幾十年了，居然還用得上。

或許這種簡單的祓禊對有些弱智的倀鬼或殭尸特別有效。只是我不知道效力可以維持多久罷了。

原本可以平安的熬過去，若天明是晴天的話。可惜我運氣向來欠佳，第二天灰濛濛的，像是隨時要下雨。烏雲低得宛如壓在眉毛上，陽光一點也看不到。

嘆了口氣。這代表我不能夠休息。我連吃飯喝水的停頓，都可以讓這些殭尸貪婪的試圖靠近一點。而汽油桶的燃料有限，我不知道夠不夠撐到下個天明。

更糟糕的是，我漸漸撐不住，眼皮不斷的闔起來，九九乘法表開始紊亂。

對不起。我在半睡半醒中，對著那些模糊臉孔的讀者和小司道歉。可以的話，我也想為你們活下去。一直一直說著故事，為你們說故事。

你們為了我付出寶貴的性命，我也真的很想珍惜。

但好像不行了……對不起。

但我還是驚醒了。一隻枯骨似的手按住我的肩膀，背著微弱的光，我看不見她的臉。

我以為她要殺我，卻看到她掐住一個殭尸的下巴，應該是趁我打瞌睡的時候，想要撲上來。

在我眼前，她將那個殭尸的下巴帶半個頭顱捏碎。

「……不要睡。」她的聲音乾澀尖銳，像是用指甲在玻璃上刮，「別睡。」

宛如地獄般的血腥場景，我發著高熱似的，虛弱的看著殘酷的虐殺。她一個人殺掉數十或數百的殭尸，像是捏死一群小雞。殘破的肢體和腐肉堆成一座小山，她像是拿起一頂帽子般輕鬆的扛起沉重的大汽油桶，把裡頭殘留的燃料和餘燼倒在腐肉血骨的屍堆上。

沒想到，那些殭尸還沒死，扭曲著發出驚人的尖叫，飄出一陣陣燒焦而噁心的肉味。

我居然沒有吐。應該是一切都太超現實，努力維持的平衡崩潰了，唯有麻木和疲倦。

滿臉是血的她，微張著嘴看著熊熊火光，表情充滿無助的脆弱。好一會兒，她才用種怪異而僵硬的姿態走過來，愣愣的蹲在我身邊。

我漠然的看著她。當她按住我的時候，沒有抵抗。

接下來，她居然將耳朵貼在我的胸口。好一會兒我才意識到她在聽我的心跳。

「你是活人。」不知道聽了多久，她才抬起頭，火紅的瞳孔茫然，「我看到你，行葬禮。」她指著小花園的方向，「能不能，也替我，行葬禮？」

我嘶啞的問，「為什麼？」每說一個字就感到虛弱，「妳還活著。」

「沒有。」她憂傷的將頭撇旁邊，「我沒心跳了。我沒有心跳。」

流不出眼淚的，她在啜泣。

這個龐大的城市，剩下一個身有鬼氣的瘋子，和一個在啜泣的活死人。

我想她是殭尸，但和那些感染病毒的人工殭尸不太相同，她保有大部分的靈智，可以溝通。

也就是說，她可以聽故事，而我可以說故事給她聽。

但我喉嚨太痛，太疲倦了。我的清明蒙著一層灰霧，呆滯的停留在安靜的瘋狂中。我的語言和記憶都破碎，沒辦法組織起來。

我需要休息。

環住她，無視她身上的血腥和乾枯的手臂，我讓她貼在胸膛聽我的心跳。聽說心跳可以穩定人的神經。

她溫順的蜷在我懷裡，啜泣漸漸的低下來，用一種凶猛的專注，聽著我的心跳。

碰碰碰、碰碰碰。

我也聽著自己的心跳，闔上眼睛，睡著了。

等我醒來時，陽光跳躍在她的髮上，她依舊偎在我的懷裡，貼著我的胸膛，表情充滿空白的幸福感。

微微納罕，她不怕陽光。說起來，她是屬於妖怪的殭屍囉？還是能力頗強的殭屍。可能是溫暖的陽光總是可以晒暖我發霉的靈魂，我覺得好過多了。腦子蒙著的灰霧也淡很多。

「我想洗澡。」我對她說。

她點點頭，領我前往附近的飯店。那是家五星級的飯店，當然沒有電，但居然還有自來水，甚至我們還在地下街的精品店找到可以換洗的衣服。我痛痛快快的洗了個冷水澡，換上乾淨的衣服，有種重生的放鬆感。

她也洗去了身上的血污，換上洋裝的她，看起來格外脆弱嬌小。露在衣袖外面的左手乾枯，像是髑髏。握著她的左手，觸發了我一點稀薄的記憶。

她有些瑟縮，但沒有抽回去。我望著她，設法取回平衡和清明。

「……妳叫什麼名字？」

她望著我，皺緊眉，像是轉動一把生銹的鑰匙，努力的找尋記憶。「……娜、娜雅。」鬆了口氣，「我叫娜雅。」

我驚愕了。試探的，我問，「妳還害怕身後的腳步聲嗎？」

娜雅的臉孔出現了深深的恐懼。

真沒想到，我會遇到第二個。我寫過這個故事，這個叫做〈腳步聲〉的中篇小說。

我在這毀天滅地的末日，遇到另一個主角。

「娜雅，」我開口，「讓我為妳說個故事。」

這一刻，我幾乎熱淚盈眶。我終於知道我一生追求的只有兩件事。說故事給別人聽，有人聽我說故事。

這就是，我的一生一世。

我說了一個故事，一個我寫過的故事。一個普通的女孩，住進一棟看似普通的公寓，卻不知道她被當作餵養殭尸的糧食。最後她憑著勇氣逃離，卻沒逃開這種宿命。

她渾然不覺的成了殭尸。

騙過了所有人，包括醫生，甚至騙過自己。她相信自己只是感染屍毒，還是人類。

這是個很悲傷的故事，她專注的聽。眼中的茫然漸漸褪去，漸漸了然，哀淒。等我故事說完，好一會兒，她沒有說話。

「這是我的故事。」她短促的笑了一下，「是我的，對。我想起來了。」望著窗台外的陽光，她的哀淒漸漸濃厚，「但我本來有心跳的，真的。本來……本來還有。我騙自己騙得好成功，騙到不該跳的心都還會鼓動。」她咽著淚，「如、如果，如果我沒埋在倒塌的大樓裡再死一次，我、我說不定還可以繼續騙下去……」

她小小聲的、啜泣似的說，「我希望我的心還會跳。」閉上眼睛，滾下一串淚。

我抱著她，讓她聽著她已經寂然的心跳。

「心不會跳了，妳還是人類。」只有人類會渴求葬禮。是的，娜雅，妳是人類。一直都會是。

我帶著娜雅在這個城市遊走，設法找到倖存者。

當時的我並不知道，這個中都因為猖獗的殭尸瘟疫，所有的居民都撤離了。政府用了科技和神祕雙重的力量，封閉了這個都市，等待成為殭尸的患者自然死亡消滅。

所以當時我們沒有試圖離開，就是因為封閉的禁制。

這些都是我「死亡」時發生的事情，所以復活後我並不知情，娜雅也一樣。

我們相依著，設法找到人類的同伴，並且清理都市。更多的時候，設法火葬人工殭尸，將犧牲者的殘骨埋進大地。

當然我們什麼也沒找到。我是還好，畢竟我能吃的食物種類比較多，但娜雅卻日漸蒼白消瘦。

覺醒成殭尸的她，只能吃生肉和血。我們都避而不談，卻彼此明白，真正讓她飽足的是人類的肉和血。

但取回記憶的娜雅，卻拒絕吃屍體，原因卻不是腐敗。她身為人的意識那麼強烈，強烈到讓她對維生所必需的「食物」徹底反感。她用非常堅強的意志力壓抑著，甚至嘗試吃麵包或者是餅乾，但總是引起強烈的嘔吐。

我割破手腕，想讓她喝一點血，但她嚴厲的拒絕。後來發現她偷偷地捕食老鼠，這讓我很傷心。

我不願意侵害她的隱私，擅自閱讀她的人生。但我隱隱有預感，她這樣過度的壓抑絕對不是什麼好事。我只能不斷的說故事，她也努力的傾聽。最少她聽故事的時候會陷入一種著迷狀態，暫時性的遺忘火焚似的飢餓。

但我的預感，果然成真。

她熬了兩個禮拜，終於崩潰了。她的獠牙尖銳而閃亮，表情扭曲恐怖。因為發生得太突然，等我意識到她的異樣時，她已經咬破我的頸動脈了。

咆哮的同時，她同時無意識的啜泣。我漸漸昏沉，卻明白不能就這樣昏過去。這是我在世上唯一的夥伴，靈魂依舊是人類的殭尸。我是很樂意讓她吃飽，但等她清醒的時候怎麼辦？

傷害已經太多，我不想讓她受到更多無法彌補的傷害。

「娜雅，讓我為妳說個故事。」我虛弱的、低低的對她說。

她停下動作，發出一聲尖銳的慘叫。她想逃跑，我卻用力抱住她，「別離開我，聽我說故事。」

「只要妳沒把我吃個乾乾淨淨，我就會復活。」我低聲說著，「所以妳別動，聽我說故事。」

我該說什麼？

「其實，我並不叫這名字，甚至我不姓姚。姚夜書是我的筆名，而需要筆名的，也就只有靠寫東西維生的人。」

我說了一個關於發瘋小說家的故事，他吃了屍體，還吞噬了生母的心臟。為了怕他早死，讀者甚至逼他血淋淋的吃了肉芝。

狂愛寫作一生，甘願成為寫作的囚徒、奴隸。最大的希望只是能夠永遠說著故事。

不知道我說了多久的故事，這個寫盡我一生的故事。我只知道日昇月落，身邊一直有個垂淚的殭尸在聽。

一直說到，我們獲救。

我掙扎著，卻還是被戴上氧氣罩。我拉著娜雅的手不肯放，拚命在她手心寫字。一定要說完，我要說完我的故事。只要有人聽，我就要說下去，寫下去。

直到黑暗吞沒我為止。

* * *

後來，我們讓紅十字會救回去了。娜雅被送到隔離室，我卻被送到太平間。幾天後，我在冰櫃裡頭又敲又打吵鬧不休，把管理員嚇個半死。

嗯，我又死了一次。我只能說死亡的滋味真難受，卻不想告訴你詳情。

我接受了詳細的檢查，苛細到令人抓狂的地步。我相信可能的話，他們會想把我以平方公分為單位，切成五釐米厚度，千刀萬剮的放在顯微鏡下仔細分析。

幸好劫後餘生的楊大夫解救了我。

「……你還活著？」他完全不敢相信。

「你不也還活著？」我對他翻了翻白眼。

「……姚，肉芝沒有那麼神奇。」他滿眼不可思議，「多少吃過仙丹的散仙高人都死於這次大難。」

「因為他們沒有寫不完的故事。」我回他。

他將我安排在紅十字會的療養院，設備齊備，而且他保證這裡絕對堅固安全，夠讓我寫到下個末日。

……首先我得活得了那麼久才行。

娜雅通過了那些煩死人的測驗。後來成了紅十字會的訓練師。她畢竟本領高強，能力卓越，成為訓練師並不意外。許多紅十字會傑出的幹員都是她的學生。

她會來看看我，貼在我胸口聽心跳，我也會抱著她。謠言說我們是一對，這可以說對也可以說不對。

總之，你很難界定我們的關係。

她救過我也殺死過我，喝過我的血。我抱過她，憐愛的說故事給她聽。在這稱為

「歿世」的時代，我們是最親密的人，這沒錯。但不是狹義的「情人」可以界定。

唯一確定的是，我依舊說著故事，她依舊會來聽我的故事。

但我不知道，我可以寫到什麼時候。我只知道，即使末日也無法阻止我，繼續寫。

或許這才是真正的瘋狂。咯咯咯咯。

（姚夜書第三部・歿世　完）

作者的話

這應該是我最後一本《姚夜書》了。我不懂我幹嘛這麼累，三番兩次讓這王八蛋出來壓榨鞭笞，我一定有病……

有人推測，姚夜書是我的化身。這可以說對也可以說不對。我對寫作的狂熱勉強有點影子，某些心路歷程也相似，畢竟要有感覺才能寫。

但我畢竟不是那個神經病。

但我也不諱言，寫他是個驚悚卻非常痛快的經驗。眼尖的讀者可能也會疑惑，他的個性逐漸轉變……是的，我不是寫不出一致性，而是照他的經歷和個性這樣才是對的。

他從最初的徹底封閉，到成為會去跟君心開玩笑的人，當中一定有心路歷程。在幾個看似不相關的中短篇中，他慢慢轉換改變，成為現在的他。

第二部裡，他自豪的說，「我終於將自己取材完整，成為一個真正的人。」我認同他的自豪，但也很頭痛第三部他很任性的偏離了驚悚的故事類型。

我真是個不適合寫類型的人。（輕嘆）

但依舊被鞭笞的很慘。＝＿＝

我試著轉移注意力，想辦法拖慢腳步，但我不能睡覺。我認命了，真的。我知道他抗議著不要只有第三部，我才不要管他的抗議。

我若跟禁咒師一樣一寫七部，真的可以準備我的後事了。

（謝絕催稿單，感謝。囧）

我還滿怕寫寫死在鍵盤上，然後沒收到半張紙錢，滿滿的被催稿單淹沒，有沒有這麼慘?!（丟筆）

老天哪，我幹嘛這樣自虐……

讓我更悲傷的是，他非常堅持。他打算說多少故事就是多少，我怎麼寫，就是這麼長。我知道字數嚴重不足，但我榨不出來了。（嗚嗚）

希望你會喜歡。

至於我，我想我終於可以睡一下了。

蝴蝶2008/1/25

腳步聲

楔子

「妳都不知道，有多麼可怕。」女孩看到她像是看到親人，抓著她不放，指甲幾乎掐入她的袖子裡，「我懷疑大家都瘋了，他們的樣子看起來好奇怪，是不是外星人入侵地球，把大家都變成外星人了？」

女孩緊張兮兮的啃著指甲，大大的眼睛充滿驚惶。「我爸爸呢？媽媽呢？為什麼我睡醒大家都不見了？我可以起床了呢。阿姨，我病好了對不對？」

她拍拍女孩，示意她坐下，溫柔的跟她說話，「我叫做娜雅。」

「妳是社工嗎？安寧病房的社工？」女孩問著，「但這是我家，不是安寧病房。我也好了欸，妳看我，一點都不痛了。」

娜雅頓了一下，「……對，我是社工。」

她溫和的和女孩聊天，幫她量體溫、血壓。原本驚惶的女孩鎮靜下來，看著沉穩微笑的娜雅忙來忙去。

燠熱的夏天午後，電風扇颳來一陣陣鬱悶的風。女孩好奇的看著她，這個叫做娜雅的社工小姐，居然還穿著長袖襯衫，左手還帶著手套。

「娜雅姐，妳為什麼戴著手套還穿長袖？」她摸了摸娜雅的外套，「妳不熱嗎？」

「妳不熱嗎？巧鈴？」娜雅反問她。

巧鈴？女孩眼中露出一絲迷惘。我叫巧鈴嗎？

娜雅看她發呆，微微一笑，「我穿著外套還戴手套，是有個祕密的。」

「祕密？」巧鈴的精神都來了，「我最喜歡聽祕密了！我想聽，我想聽！」

娜雅望著她，失神了一會兒。突然笑了起來。

「我告訴妳這個祕密，但不可以告訴別人唷。」

「好！」巧鈴很興奮，「如果告訴別人，就會變成鬼！」

娜雅的眼睛，微微的閃了一下。

第一話　腳步聲

她搬進來的第一天，就聽到了腳步聲。很輕很輕，但像是拖著腳走路，一步一頓。開門探頭出去，又什麼都沒看見。

其實，她對環境沒有什麼好挑剔的。她住在X大附近已經有段時間。學校附近的房子有個好處，交通便利，房租又不貴。唯一的缺點就是吵。不知道為什麼，上了大學，大家就練就熬夜和大嗓門的好工夫，之前她就是被天天半夜又吵又笑又打麻將的鄰居吵到精神衰弱，才乾脆搬家的。

這棟學生公寓普普通通，優點就是安靜。房東先生和房東太太都住在一樓，二樓三個房間，卻只住了她一個房客。房東先生說，他兒子就住在對門，怕吵，所以要挑個安靜斯文的房客。至於第三個房間，卻被拿來當儲藏室。

因為對外窗太小，不太通風。讓人住這樣不通風的環境不好，妳說是嗎？

房東這樣講的時候，讓她感動了一下。隔壁兩棟同樣是三層樓的公寓，但都住到爆滿，她也去看過房子。一到三樓每個房間都住著人，連頂樓都加蓋起來租給學生，想洗個衣服都沒地方洗。

這位房東先生卻只招了一個房客，三樓是洗衣間和浴室，頂樓可以曬衣服。

這年頭，這麼有良心的房東不多了。更讓人感動的是，房租真是驚人的便宜。

「也不靠這個賺錢。」夫妻都在市公所上班的房東先生溫文的笑著，「房子大，就住我們一家三口，空著也是空著。多個人熱鬧些。」

她覺得自己沒有什麼好奢求的了。所以，門口輕緩的腳步聲雖然讓她感到詫異，但她倒也不是很放在心上。

說不定只是房東先生的兒子出來走動。聽房東先生說，她兒子身體不好，在家休養。她猜想，說不定他兒子是那種拒絕上課上班的人，成天待在家裡，只有半夜才出來走動。

如果我有這樣一個兒子，我也會跟別人說，他身體不好。所以房東千叮嚀萬交代，要她千萬不要去他兒子的房間，她也很乖巧的點頭。

沒事我去他房間幹嘛？娜雅嘀咕著，誰會那麼不正常，跑去陌生男生的房間走動？她可是辛苦的上班族，回到家洗完澡，用僅剩的力氣洗完衣服，就想要癱在床上了，誰管他兒子是不是萬年御宅族？

她在一家中等規模的美術設計公司工作。掛是掛網站設計的名字，事實上還兼著網管。公司規模雖然不大，但好歹也有十幾部電腦，和數種不同的作業系統。公司真的懂電腦的人沒幾個，問題一大堆，她每天疲於奔命。

但因為她掛著理論上最清閒的「網路設計」，所以她的薪水也很清貧。不是不想換工作，只是這種時機，她一個三流大學畢業的女生，有個飯碗可以捧，已經讓不少同學羨慕了，更不要說她還有兩個弟弟在念書，哥哥正在準備結婚，家裡很需要她這份薪水。

所以，房租的支出大為減少，讓她原本非常窘迫的生活，稍微可以喘口氣，最少可以吃好一點，不用擔心營養不良的問題。

所以，半夜的腳步聲，根本不算什麼。

只是午夜夢迴，她可以聽到輕輕的腳步聲，在房外的甬道徘徊。慢慢的，一步一頓，沙沙的摩擦著地板，從這一頭走到另一頭，在她的門口，停頓。

她清醒過來，抓著被子，一動也不敢動。突然有點懊悔，只跟一個男生對門而居真是個壞主意。這年頭，變態和殺人狂多如過江之鯽，說什麼也不該貪圖便宜安靜，將自己陷入這樣的困境中。

不知道過了多久，腳步聲又響了起來，輕輕的，輕輕的移動，走入對門的房間中，房門輕輕的打開又關上。

她馬上跳下床，檢查自己是不是鎖好了門，趕緊又插上門鍊。

要不要跟房東說呢？還是乾脆搬家？沒多久，她又覺得自己小題大作。

這是人家的房子，人家高興怎麼走，就可以怎麼走。何況房東很好心的在她房外裝了飲水機，說不定房東兒子只是去提水或喝水。

幹嘛怕成這樣？

她嘲笑著自己的膽小，闔上眼睛，繼續睡。因為她睡熟了，所以不知道，她鎖上的房門悄悄的打開，礙於門鍊的阻攔，一雙光燦的眼睛只能透過不大的門縫，貪婪的，在黑暗中閃爍。

天一亮，娜雅就把昨晚的驚嚇忘得乾乾淨淨。白天總是這麼忙碌，她整天在公司跑來跑去，疲於奔命，根本想不起腳步聲的煩惱。

中午吃飯的時候，她吃著便當，百無聊賴的看著辦公室的男生說鬼故事嚇唬其他女同事。

神經病，日正當中，你要講鬼故事，也選個好時辰，這種陽光燦爛的正中午，講這個哪有半點氣氛？但是公司的女同事很捧場的驚叫，抱成一團。

或許這就是他們的樂趣所在。娜雅沒好氣的想著。

「娜雅，妳住在X大附近吧？」小陳看她沒反應，笑笑的坐在她身邊，「小心喔，

X大附近有吃人鬼喔～」

「喔。」娜雅低頭吃著中飯。

「妳不要不相信欸！X大附近失蹤了很多女孩，都是像妳這樣的上班族唷！而且聽說……」他壓低聲音，「聽說X大附近的墳墓常常被挖開，許多屍體都被吃得破破爛爛勒！」

「你噁不噁心啊？」娜雅不耐的推開他，「先生，我在吃飯欸。」

她壓根不相信小陳的鬼話。她在X大附近住了好幾年，怎麼從來沒有聽說過？不過，她也承認，就算有這樣的傳說，她也不會知道。她的公司在市區，但你也知道市區的房租有多麼高貴，她這樣一個貧窮小粉領，哪裡住得起？所以才會住到X大去，每天通勤就已經耗掉她大半的精力了，住了這麼多年，她一個鄰居也不認識，倒是附近7-11的店長會跟她點頭招呼。

就算吃人鬼來敲她的門，恐怕她也不會知道，說不定還會客氣的跟他寒暄，問他「先生貴姓，有什麼事情？」之類的。

這天，她精疲力盡的回到住處，癱在椅子上好一會兒都動彈不得。買回來的飯盒擱在桌子上，她也沒有力氣去打開來。

揉了揉眼睛，她打開電腦。房東對她算是很照顧了，這麼便宜的房租，還附帶電視和網路線。她八百年不看電視，但網路還是不錯的，可以收收信，看看網路笑話，或是找找有什麼小說可以看，打發一個晚上的疲勞和無聊。

她開始收信，有些厭煩的刪除垃圾信，刪到一半，看到了標題，停了下來。

不知道是誰轉寄的小說，「腳步聲」。

她心裡微微一動，點開來看。

文筆不太好，像是寫給某個人的私信。大意是說，一個離鄉背井的孤獨女孩，搬了新家。新家什麼都好，但是半夜，總有腳步聲在屋子裡響著，卻看不到人影。她越來越害怕，終於有一天，她往上看……

有個「人」，在天花板散步。

就在這個時候，啪的一聲，一個黑忽忽的影子摔在她鍵盤上面，把她嚇得跳起來。撫著幾乎跳出胸腔的心，定睛一看……

是隻壁虎。很滑稽的四腳朝天，掙扎了一下，翻過身以後，驚惶的東張西望，一溜煙跑得無影無蹤。

娜雅笑了出來，覺得整件事情都很有喜感。死小陳，還轉寄這種東西給我看。又那麼剛好，一隻天花板的壁虎失足，驚嚇效果達到百分之百。

但她也忍不住，抬頭看了看天花板。

除了亮得有點慘然的日光燈管，哪有其他的東西？她對自己的神經過敏覺得很可笑。她拿起換洗的衣物，準備去洗澡、洗衣服。

打開門，對面的房間靜悄悄的，連燈光也沒有。人哪，還是作息正常最好。哪有這樣白天睡覺，晚上才出來活動的？白白嚇唬人，身體也不健康，真是何苦又何必？

她搖了搖頭，正在摸索樓梯間的開關，還沒按到，燈就亮了。

發愣了一會兒，她搔了搔腦袋。或許剛剛按到了，她沒察覺？最近真的太累了。捧著衣服，她拾級而上，走入浴室。

就在她走入浴室的那瞬間，樓梯間的燈又熄滅了。對著樓梯間發呆又發呆。她覺得房東真是大手筆，也沒住幾個人，日光燈還用感應開關哩。大約就像是自動門那樣的原理，走過某個地方就會開燈，走到某個地方就會關燈。

科技真是日新月異。

她懷著這種驚嘆，開始洗澡。

在蓮蓬頭下淋浴，她默默站著，昏昏欲睡。這是個很簡單的浴室，也就是個蓮蓬頭，一個洗臉台，和一個馬桶而已。

不過想到跟陌生男人共用浴缸實在很噁心，房東這樣的安排也比較好。蓮蓬頭和洗臉台、馬桶之間，隔著一面浴簾。洗澡的時候，她都會把浴簾拉上，省得把整個浴室弄得溼漉漉的。

在嘩嘩的水聲中，她卻聽到水聲以外的聲音。

她沒把門鎖上？不可能。跟外人住在一起，她有隨時檢查門鎖的習慣。她進浴室以後，還刻意把門鎖了幾回，才放心去洗澡的。

將還在滴水的頭髮往後撥，關上蓮蓬頭。一聲低低的哭泣聲，在她的浴簾之外響了起來。

她全身寒毛倒豎，獃住了。但是除了那一聲哭泣，她只聽到自己狂野的心跳聲。「誰在外面？」她壯起膽子發問。卻又被自己緊繃嘶啞的聲音嚇到。

一片寂靜。窒息的寂靜。

她不敢動，但是光著身子在浴室裡不太好受。這幾天冷得緊，這三樓又空落落的，風特別大。不一會兒，她發起抖來，不知道是冷，還是怕，或者兩者都有。

怕也不管用，對吧？若是強盜小偷，或是色狼，這薄薄的一層浴簾，什麼也擋不住。還不如去把衣服穿上實在。硬著頭皮，她將浴簾拉開……

拉到一半，蓮蓬頭突然「啪啦」的噴出冷水，把她凍得跳起來，在浴室結結實實的跌了一跤。她差點就用臉去敲浴室的地板，在快到地面時……一股寒意，托住了她的臉，讓她打從心底冷起來。

她摔實了這一跤，全身上下無一不痛，臉蛋倒是倖免於難，只是脖子擰得疼痛。掙扎了好一會兒，她坐起來，發現除了手肘有些破皮，只有幾處瘀青而已。

還以為會摔斷脖子呢。又羞又氣的爬起來，所有的害怕都扔到九霄雲外。一拐一拐的把蓮蓬頭關起來，沒好氣的擦乾身體，穿上衣服。

瞧瞧，自己嚇自己，差點跌斷自己的脖子。還會有什麼人呢？房東他們是很少上來的，房東兒子又整天關在自己房裡，只有半夜才會出來走動。

那一聲哭泣，大概是誰家的電視開得太大聲吧？

摔得太疼，她胡亂的洗了衣服，就回房去睡覺。樓梯的燈又無人自開、無人自關。她已經認定是高科技開關，當然也就不再多想。

但是這一摔，真的很吃力。她睡得很不安穩，疼痛隱隱約約的侵襲著。輾轉反側間，她在淺淺的睡眠中，聽到了輕輕的腳步聲，徘徊著，窺探著。一聲一聲若有似無的哭泣，一滴滴的跌落，無助的、恐懼的、絕望的哭泣。

她驚醒過來，寂靜中，沒有聽到令她困擾的腳步聲。另一種聲音，穩定而單調的，在夜裡迴響著。

眨了眨眼睛，她才聽出來，那是水龍頭滴水的聲音。我沒把水關好？她掙扎著爬起來，一拐一拐的走出房門，爬上樓梯。日光燈自動亮了起來，她瞇細了眼睛，想看清楚是哪個水龍頭沒關上。

她一直不懂，房東為什麼要做這麼大的洗衣間。一大排，五、六個水龍頭，頗有學校宿舍的規模。他們家也不過三口人，若加上她這個房客，也才四個。

這麼豪華的大洗衣間，房東又從來不用。他們在一樓有洗衣機，衣服都晾在後院。她放棄去了解，還很睏倦的她，一拐一瘸的走近洗衣台。

洗衣台裡，黑呼呼的橫放著什麼。我衣服洗了扔在這兒？她心裡疑惑，走近一看……

剛開始，她沒意識到看到了什麼。畢竟很凌亂，很怵目驚心。她還迷迷糊糊的腦袋只覺得有點噁心，以為房東買了很多肉擺在洗衣台裡清洗，還有排骨和內臟。

等她看到了幾根手指，和一顆放在水龍頭底下，眼睛半開半閉的頭顱，她才知道自己看到了什麼。

在極度驚嚇中，她沒有叫，只是倒退幾步，貼在牆上低喘。她的眼光因為驚駭，居然無法移開。沒有關緊的水龍頭一滴滴的滴水下來，流過頭顱的臉孔，讓面無表情的屍體，像是在流淚。

然後那雙死魚般的眼睛張開來，定定的望著她。一點血色也沒有的嘴唇，吐出一個字：「滾。」

她幾乎是用跌的，踉踉蹌蹌的跌下樓，衝進自己房間，將門用力鎖起來，抖著手插上門鏈。躲在被窩裡，她不斷的發抖，顫著唇向所有知道的神明祈求庇佑。

後來她不知道是睡著，還是昏了過去。

第二天，她恐懼無比的爬上三樓，整個洗衣台乾乾淨淨，什麼都沒有。是夢吧？她不過是做了個恐怖的惡夢……

眼角瞥見洗衣台有幾根極長的頭髮。

房東太太和她，都是短髮。這幾根長髮……到底是……？她嚥了幾口口水，勉強自己鎮靜下來，臉色蒼白的去上班。

雖然她發起高燒，全身痠痛，她還是不想一個人在詭異的家中養病。

凡事都有一個理由。但她還找不到那個合理的理由。

不知道是驚嚇，還是著了涼，娜雅開始發燒，到了中午就燒到燙手了。一向嘻嘻哈哈的同事驚覺情形不對，趕緊把她抓去急診。

花了五十分鐘候診，醫生用五秒鐘打發她。「流行性感冒。按時吃藥，多喝開水，多休息就會好了。」

拿了大包的藥，同事為難的看看幾乎動彈不得，一整個發虛的娜雅。這種樣子真的不用住院？昨天還中氣十足的罵人，今天已經癱了大半個。

「娜雅，妳要不要回家休息啊。」同事關懷的問。

她微微的顫抖了一下，虛弱的說，「……我沒事。」

說不定回家才有事。在她找到合理的解釋之前，她實在不敢一個人待在家裡……

合理的解釋？她呆了一下。

是，她和房東太太都是短髮，房東先生更是五分頭。但房東的兒子呢？她可從來沒見過他。會在洗衣台留下頭髮的，不是她，當然是房東兒子的囉？這種年代，男生留長髮又不稀奇。

她不過是做了個太逼真的惡夢，然後跟現實攪纏在一起，把自己嚇個半死罷了。大大的鬆了口氣，她重新露出笑容，雖然有些發軟。「我想，下午我還是請假好了。」

「妳連明天一起請了吧。」同事把她扶起來，「看妳病成這樣。昨天不是好好的嗎？」

「病來如山倒嘛……」娜雅軟綿綿的說，她決心奢侈一次，搭計程車回家了。

她最近真的累壞了，吃沒好好吃，睡沒好好睡。身體不健康，就會疑心生暗鬼，沒事也搞到有事了。

往床上一撲，只剩下蓋被子的力氣，她闔上眼睛。朦朦朧朧中，她聽到窗外傳來一陣陣淒慘的哭聲。

拜託，是誰在看電視開得這麼大聲？她太渴睡，用被子蒙住頭，一點也沒把這聲音放在心上。

正因為她蒙著頭，所以沒有看到，在她的窗外，有著幾顆頭顱在窺看，悽楚的哭著。都有著極長的頭髮，慘白的唇。連容貌，都和娜雅有幾分相似。

或許是午後的太陽，也或許是輕輕開門的聲音，她們只出現了一下子，就消失無蹤。只是細細的啜泣聲，若有似無的，在風裡飄蕩著。

睡醒以後，她的燒退了。只是那種虛弱的感覺依然存在。

她爬了起來，發現天色已經暗了下來，七點多了，難怪她餓得幾乎受不了。有些吃力的穿上外套，正在找錢包的時候……

她聽到了腳步聲。拖著腳，一步一頓，緩緩的繞著房外的走道，最後停在她的門口。

抓著錢包，她不知道該出去，還是該等他走開。

幹嘛這樣？她暗暗罵著自己的膽怯。就是從來沒有見過她的鄰居，才會這樣自己嚇自己。打開門，說聲哈囉，證明對方是個正常人（就算行為模式不是那麼正常），什麼惡夢啦，恐怖的想像啦，都會煙消雲散。

鼓起勇氣，她正準備開門，卻聽到輕輕開門又關門的聲音，她的鄰居又回房去了。或許只是個害羞的宅男而已，她聳聳肩。現在最重要的不是鄰居的散步嗜好，而是她餓到胃都痛了。她按著肚子，吃力的走下樓梯，卻被站在樓梯口的房東嚇了一大跳。

「我嚇到妳了？」房東和藹的笑笑，「怎麼今天這麼早回來？」

定了定神，娜雅虛弱的笑著，「我有點發燒，請了病假。」

「哎呀，一個人出門在外，這樣不行呢。」房東關懷的看著她，「餓了吧？一起吃飯吧？」

「不了，這樣太打擾……」娜雅想拒絕，卻被房東拉著走。

「說什麼打擾？都在一個屋簷下，本來就該互相照顧。老婆，添雙碗筷。瞧，哪有什麼費事的？不過是添雙碗筷。」

房東太太溫和的笑著，「是呀，生病就該吃好點。感覺怎麼樣？好些沒有？」她心疼的在娜雅身上一抹，「妳太瘦了。現在女孩子也奇怪，老喜歡把自己餓得前胸貼後背。多吃點，把身體養好，嗯？」

她看著碗裡堆積如小山的菜，有點哭笑不得。「我自己來就好了，謝謝。」不過，這真是她吃得最好的一餐。說不定只是長期營養不良，把身體搞壞了。她心裡暗暗嘆息。

「呃……我還不知道我的鄰居叫什麼。」她有點歉意，「他不一起吃嗎？」

房東和房東太太安靜下來，娜雅尷尬了，她像是問了不該問的問題。

「……他叫漢生。」房東太太開口了，眼中隱隱有著淚光。

房東緊接著開口，「別擔心。他身體不好，都在房裡吃的。」

「身體不好，就該作息正常一點。」娜雅也覺得自己雞婆，沒辦法，這是個性，「白天睡覺，晚上才出來散步，不太好吧？」

「……他晚上出來散步嗎？」房東訝異了。

「是呀。」娜雅感到一股奇特的氣氛，她不知道自己說了什麼，卻點燃了房東夫妻的希望，讓他們兩個的臉上煥發出光輝。

從那天起，房東就堅持要她在家裡吃飯，而且連便當都幫她準備好，菜色更是驚人的豐盛。她很感激他們的好心，能夠省下一大筆伙食費更讓她開心不已。

但是天下沒有白吃的午餐，對吧？（其實還有早餐、晚餐……）

她提議要付伙食費，但房東不收。在她的堅持之下，房東太太收了她兩千塊意思意思。

這大概是她獨自生活以來，過得最好、最安穩的日子了。吃得好，又有人嘘寒問暖。她原本乾瘦的身材豐盈起來，因為房東太太的希望，她也開始把頭髮留長。

公司的同事也常跟她開玩笑，說她肥起來反而好看。

「健康最重要，什麼肥不肥？」娜雅瞪了他們一眼。

一直讓她困擾的腳步聲，習慣以後也沒有什麼。甚至曾經讓她恐懼得叫不出來的惡夢，也不再發生了。

就在她幾乎淡忘那些恐怖的時候，她又收到一封信。標題還是，「腳步聲。」

我不想看。娜雅想刪掉這封信，卻遲疑了許久。最後還是打開來看了。

依舊是私信，文筆還是很粗糙。作者說，房東對她太好，讓她不好意思說要搬家。他們這樣照顧她，無微不至的。「我肥了三公斤！妳相信嗎？我想那些事情只是我的幻覺，我開始把頭髮留長了，因為房東太太喜歡長頭髮的女生，她說一直想要一個女兒……」

娜雅愣住了。她在房中四處張望，有種被窺視的感覺。是誰在監視著她？是誰？

雖然不完全相像，但是和她的經歷是多麼類似。她的房間被裝了針孔攝影機嗎？鼓起勇氣，她回了一封信。但這封質問的信卻被退回來。

或許她該考慮搬家。當她半夜莫名的醒過來，聽著房外輕緩的腳步聲，她想著。但她捨不得押金，而且困窘的經濟也讓她生不出一筆錢可以搬家。

她只能在黑暗中張大眼睛，毛骨悚然的聽著。腳步聲，和遠遠的，一滴一滴，水珠墜落的聲音。

但她再也沒有勇氣推門出去看了。

這次的感冒很快就痊癒了，但是她懷疑自己有精神衰弱的毛病。

她發現，原本只在半夜踱步的腳步聲，時間似乎越來越提早。從半夜，提早到十二點，然後在她回家沒多久，就開始在走廊徘徊。

她已經聽得很熟，能夠清晰的分辨出來。拖著腳，一步一頓的，在長長的甬道走過來，走過去。然後在她房門口停留，不動。

好幾次，她鼓足勇氣開門，但房門外卻什麼也沒有。

動作再快也有個限度吧？住在這裡快兩個月了，她還是沒見過房東的兒子。不行，再這樣下去，她會發瘋的。向來果決的她，終於跑去敲對面的門。

靜悄悄的，沒有人回應。

「妳在做什麼？」身後冷冷的聲音讓她驚跳起來，猛回頭，看到房東惱怒的臉孔。

「不是告訴過妳，不要去打擾他嗎？」房東吼叫起來，「就這麼一點小事，妳也不能夠遵守?!」

房東是說過。娜雅自覺理虧，低了頭。「對、對不起。我只是想，當這麼久的鄰居，總是要打聲招呼的吧……」

「沒有必要。」房東非常嚴厲的回絕，「他不需要什麼招呼。他病得很重，需要靜養，不准妳再去打擾他！」

但是，他已經打擾到我了欸！娜雅心裡隱隱滾著怒氣。衝動得幾乎想要馬上搬家。房東太太走上樓，「是怎麼啦？娜雅不知道，你需要這麼大聲音？嚇著了娜雅怎麼辦？」

房東緊閉雙唇，走下樓去。房東太太溫柔的安慰娜雅，「……他最疼漢生了。我們也就他一個孩子……就算溺愛了點，又怎麼樣呢？這孩子從小身體就弱，卻非常貼心。請妳不要生氣……」房東太太悲從中來，忍不住哭泣。

看房東太太哭了，娜雅反而慌了手腳。她孤身一人在外工作，家裡孩子多，母親終年勞苦，很少對她溫柔。這位慈祥的房東太太完全就像她夢想中的媽媽，無論如何，都不希望她傷心的。

「是我不好。房東先生一開始就說了，我不該壓抑不住我的好奇心……」她拚命道歉，「我真的不是有意的。」

房東太太哭了一會兒，拉她去房裡看照片，從漢生剛出生的嬰兒照，一直到二十歲。

她愛惜的撫著照片，「醫生都說是奇蹟呢。這孩子出生就有心臟病，醫生說活不過三歲了。妳瞧，哪有這種事情？他還不是長大了？就是身體弱了點，哪有醫生說得那樣？」

她嘮嘮叨叨的說著漢生這樣漢生那樣，枝微末節都記得清清楚楚。被這樣疼愛，其實算是相當幸福的吧。

娜雅仔細端詳著照片，照片裡的少年，有著清秀的輪廓，卻帶著深深的病容。看起來，也不像是有力氣當變態的樣子。

或許只是寂寞吧。她搔了搔頭，也不好意思提起想搬家的事情。

她放棄跟鄰居打交道，但是她的鄰居卻不這麼想。每天她一回家，回到房裡不久，就可以聽到輕緩的腳步聲開始在甬道走動。然後停在她的房門口。

雖然她一直沒搞懂，為什麼一個病人動作可以如此迅速，從來沒讓她看到過，那種被監視、窺看的感覺，卻總是揮之不去。

不管她在房裡，還是去洗澡。甚至就在洗衣間洗衣服，都可以感覺到，在陰暗的角落投射過來某種視線，緊緊的盯著她。

她知道，不管她回頭幾次，都看不到什麼。但這種奇怪的尾隨和窺看，真的要讓她精神衰弱了。

多少次，她都想乾脆搬家算了。但是房東夫妻的熱情讓她話到舌尖就嚥了下去。

硬著頭皮，她跟媽媽說，想搬回家住。疲勞的母親只看了她一眼，「妳知道我們家只有二十四坪，三個房間。妳哥娶老婆也住家裡，兩個弟弟也住家裡。妳想睡哪？還是我跟妳爸去客廳睡，房間讓給妳？」

她默默的回來，打消了念頭。回家之前，母親還交代她，記得去繳房貸。她只能對著乾扁的存款簿發呆。

但是這樣繼續下去，她會發瘋。

精神萎靡的到了公司，看到小陳，心裡一動。

「小陳，你有沒有轉寄鬼故事給我？」她問，「一篇叫做〈腳步聲〉的小說？」

「轉寄？我會幹那種事情嗎？」小陳聳聳肩，「轉寄多麻煩，用講的比較有氣氛吧？」

「喔。」她無精打采的坐下。如果是小陳的惡作劇就好了，她可以將一切都視為偶然。

「怎樣？妳遇到什麼怪事了嗎？」小陳精神為之一振，「說來聽聽。」

這傢伙最喜歡這種靈異的事情。娜雅沒好氣的翻了翻白眼。但是，她的確需要傾訴一下。

小陳卻聽得興趣缺缺，「什麼啊，就作作惡夢，對面門住個變態？搬家就好了，還要考慮這麼多？」

「……我沒錢。」她有些氣餒。

「搬次家要多少錢？幾萬塊而已吧。對面住著變態，當然搬家了事啊，不然還能怎麼樣？」小陳很不能理解，覺得這是很容易解決的小問題，幹嘛拖拖拉拉的。

娜雅看了他一眼，索然的打開電腦。輕嘆了一口氣，有些後悔找他談自己的困境。現在的男生都害怕扛責任，對於女生的困擾，都抱著「女生自尋煩惱」、「想太多」的態度。

幾萬塊而已？她存款簿裡頭只有幾千塊，讓她去哪裡找搬家的錢？難道要她去街頭賣皮肉？也對啦，小陳開著法拉利，薪水都是自己的，愛怎麼花就怎麼花……

她會找個「何不食肉糜」的紈褲子弟談窮困，真是笨到極點。

「嗯，對啊，我想我還是搬家好了。」她敷衍著，準備開始工作，若是繼續討論她很窮困這個話題，小陳搞不好會以為要跟他借錢。娜雅窮歸窮，這點骨氣還是有的。

小陳看她接納了自己意見，完全沒有發現她的敷衍，還頗為開心。他是個輕浮的、及時行樂的人。他一直半真半假的追求著娜雅，當然也半真半假的追求其他女生。

「哎呀，別發悶麼。」他拉張椅子坐在娜雅身邊，「娜雅，咱們去看電影吧？聽說有部片子很好看欸！出來散散心嘛，成天悶在家裡胡思亂想，不如出來走動走動的好，妳說對不對？」

「你要請我？」娜雅似笑不笑的看著他。

「欸，妳們女生不是都說男女平等嗎？」小陳拉長了臉，「怎麼一遇到吃飯啦、看電影啦，就都要男生請客啦？妳們這不是雙重標準？……」

娜雅苦笑了一下，「那好，我不去。謝謝你的邀請。」

「啊？我沒說不請妳啊，娜雅！欸，妳別走啊，不考慮一下？娜雅……」

她擺了擺手，躲到洗手間去。

洗了把臉，看看鏡子裡深深的黑眼圈。她一個人住在這個城市裡，幾乎沒有什麼朋友。每天來來去去，就是上班、下班，從家裡到公司，然後從公司到家裡。

因為經濟上的窘迫，所以她幾乎沒有社交生活，女同事之間的友誼其實是建立在頻繁的吃吃喝喝、美容時尚之類的話題。這些對她來說，都是遙不可及的事情。

在沒遇到這些怪事之前，她覺得孤獨不是什麼壞事。而現在，她連想找個認真聽她說話的人都沒有。

愣愣的看著自己的一雙手。不管發生什麼事情，她還是得用自己這雙手去捱，去拚吧。

「下個月就搬家吧。」她望著鏡子裡憔悴的自己，自言自語著，「這個月的房租剛交過，再撐一個月，就搬家吧……」

一陣冷風突然颳過去，像是帶著焦急的哭泣聲，颳亂了她的頭髮。她瞪大眼睛，望著空無一人的洗手間。

他們公司位在市區的大樓。洗手間當然沒有對外窗，都是中央空調。這股冷風是……？

她慘白著臉孔，匆匆的離開洗手間。身後，傳來熟悉的腳步聲。回頭，依舊什麼也看不到。但是那空洞的聲音是那麼細微，卻也那麼清晰。在嘈雜的辦公室裡，如影隨形的，跟著她。

她覺得，自己快要發瘋了，說不定已經發瘋了。

在人聲鼎沸的辦公室，她心不在焉的熬了一整個白天。當夜幕降臨的時刻，她不敢留到最後，趁著下班人潮，離開了公司。

站在街頭等紅綠燈，她覺得很迷惘，不知何去何從。她無處可去，無處可逃。

「……你到底想怎樣？」她絕望的喃喃著，「你是誰？還是你是什麼？你到底要我怎麼樣？」

脖子上吹過一陣冷風，和數聲悶悶的啜泣。她只覺得血液都凍結了。大著膽子想回頭，卻被一股極大的力量推了出去。

一切都發生得很突然。一輛闖紅燈的大卡車疾駛而來，她只覺得自己飛了起來，還來不及感到疼痛。

我要死了嗎？在那電光火石之間，她閃過了這個念頭。難道我就要這樣……死掉了？生命原來如此脆弱？

即將落地時，她駭然的發現了三個留著長髮的頭顱飛舞於空，濃密的長髮將她纏捲住，減緩了她落地的衝擊。但也硬生生的讓她聽到自己腿骨斷裂的聲音。

張大眼睛，驚駭到沒有其他知覺。這三個頭顱……都有著相同的長髮和相似的五官，與惡夢中所見的一模一樣。不同的是……

她們的眼皮和嘴唇，縫著粗粗的黑線，像是一整排的「X」。眼淚不斷的從縫合的黑線下滲出來，混著粉紅色的血水。

不知道是衝擊，是劇痛、還是驚嚇過度，或者三者都有。她眼前一黑，昏了過去。

等她清醒時，發現她在醫院裡。

她運氣很好。護士小姐說，被疾馳的大卡車迎面撞上，卻只有腳踝脫臼，沒有其他傷痕，簡直是奇蹟。

愣愣的看著護士小姐，嘴巴張開又閉上。她看到的這些「異象」，可以告訴誰？她還不想在瘋人院度過下半生。她今年才二十五歲，要捱到何年何月？

不知道是麻醉藥還是安眠藥的作用，她昏昏的睡過去。奇怪的是，她幾乎扭斷了腳踝，躺在熱鬧得像是菜市場的急診病房，但她睡得很好，很甜，像是把數個月來的疲憊都睡掉了。

等她穩定一些，被安排到六人合住的病房，她每天睡眠的時間還是遠大於清醒的時候。

真奇怪。她默默想著，我明明在住院，但我為何有種慶幸的感覺？當她從長長的睡眠清醒過來時，覺得非常困惑。

對了，再也沒有那恐怖的腳步聲。

別人都說，醫院靈異事件多。但她卻覺得醫院非常安全、舒適。就算六人房的家屬們川流不息，吵吵鬧鬧的，她還是覺得這樣的吵鬧很令人安心。

再搬家的話，她想搬到比較有人氣的地方。或許是夜市的附近。如果可能，找幾個室友。她再也不會怕吵了。

就算在隔壁打麻將，吵翻天，也好過一個人在無比的寂靜中，懷著恐怖的想像。

她一直拒絕去想，車禍時看到了什麼。她只堅定一個信念：出院後，她要搬家，而且越快越好。

房東夫妻來探望她幾次，神情有些焦慮。她沒說她要搬家的事情，看他們這麼焦急，總有幾分心虛。房東先生和房東太太都是好人，她默默的想。但是人再好，他們家的房子，還是有問題。

再住下去，她一定會崩潰的。

「欸，小姐，怎麼是房東來看妳，家裡人沒來看顧妳啊？」隔壁床的阿媽和她混熟了，「妳住院這麼久，媽媽沒來照顧妳喔？」順手遞給她一個水梨。

娜雅苦笑了一下，「……我嫂嫂剛生小孩，我媽走不開。只是腳踝脫臼而已，沒什麼大傷。」

醫生也說她復原得很好，大約再兩、三個禮拜就可以出院了。

「妳真懂事捏。」阿媽拍拍她的手，「現在這麼乖的女孩子不多了，有沒有男朋友啊？有也沒關係，都不來看妳算什麼男朋友啊。我那五、六個孫子有沒有妳喜歡的型？不要害羞捏，阿媽最愛給人作媒了……」

她笑了出來，陪阿媽聊天。住院三週，她和病房的病人都成了朋友。等她要出院了，提了兩大包熱情的禮物，還有阿媽送她的護身符。

「這是向關帝君求來的，裡頭還有我自己採的茉草。」阿媽塞給她，「年輕人不要說不信這些，出門在外，總是要事事留心啊。」

「我信的，阿媽。」她非常誠懇的回答。

當遇到了這麼多事情，她是相信的。

* * *

出院的時候，她沒有驚動任何人。走路還是有幾分痛，腳踝也還包著。但她年輕，癒合的很快。她相信搬家以後，她心靈的創傷也會很快的痊癒。

深深吸一口氣，她招了計程車，回去那個詭異的住處。

如果可以的話，她是很想乾脆一走了之，什麼都不要了。但她捨不得那台破破爛爛的筆記型電腦，她也需要幾件換洗的衣服。

屏著氣息，她走入了那棟外表普普通通的三樓公寓。一跛一跛的爬上二樓，走進自己房間。她緊張的傾聽，卻沒有聽到腳步聲。

暗暗的鬆了口氣，她開始將筆電收起來，收拾了一小包衣物。環顧這個簡單到不能再簡單的小房間。就一張床、一個書桌，和一個塑膠衣櫥。她的衣服不多，連包包都塞不滿。

或許貧窮也不是完全的壞事，最少收拾行李很快？她自嘲的笑起來。剩下的棉被、書和雜物，就請房東都扔了吧。押金她也不打算要了，這裡，說什麼也不想再回來。

吃力的提起包包和電腦，她一跛一拐的走出房間。

就在這個時候，對門的門，突然無聲無息的打開了。隔著甬道，她所有的血液像是全衝上了臉孔，然後火速的褪去。

黑漆漆的房間，沒有任何人。

等眼睛適應了黑暗，發現那個房間裡頭，整整齊齊的，但是沒有人，或者說，沒有人住過的痕跡。

她心裡很明白，要趕緊離開才是上策。但不知道為什麼，她不由自主的走進房間，像是應某種無聲的召喚。

娜雅。

就像是「恐懼」這種情緒被痲痹，她宛如夢遊患者，身不由己的走入鄰居的房間。我要離開，我不要在這裡。娜雅的心跳越來越快。隱隱約約的感覺到危險，但她卻還是走進房間裡，打開了燈。

這個房間布置的很舒適，一點灰塵也沒有。什麼東西都安置的整整齊齊，但也不像有人住。

她站在房間呆了一會兒，不知道自己在找什麼。無意識的抬頭，她發現，這個房間的天花板，比她的房間低很多。

這棟公寓是房東自建的，所以天花板都特別的高，簡直可以再隔個樓中樓，住起來很舒服。但是這個房間，天花板卻很低。

娜雅。

這個無聲的呼喚又響起，她的疑惑和恐懼都消失殆盡。東張西望了一會兒，她找到一個開關，天花板無聲無息的降下一個小小的樓梯，原來上面還有個夾層。

就在這個時候，屋內所有的燈光瘋狂的忽明忽滅，閃爍到幾乎炸了燈管。一聲吼叫，像是某種猛獸發出來的野蠻聲音，震得她耳膜發疼，也停止了燈光的明滅。

我該逃走。娜雅模模糊糊的想，我不要上去。

但她身不由己的，爬上了梯子。

夾層不高，嬌小的她幾乎頂到天花板。黑漆漆的，飄著一種奇怪的異味。等她的眼睛適應了黑暗，從樓梯透出來的微弱燈光，她慢慢看清了周圍。

三個透明的大瓶子，大得像是泡藥酒用的，裡頭泡著……頭顱。漂浮在透明液體裡，長髮飄散。泡得腫脹的臉孔，眼皮和嘴唇縫著黑色的粗線，像是一整排的「X」。

她們，一直都待在這裡。

倒退了幾步，她貼在牆上。心跳得非常快，非常快。她想逃，但是動彈不得。

「……娜雅。」隨著這聲粗啞難辨的聲音，她沒有受傷的腳踝，被一隻冰冷的手抓住。

或許她不該低頭……但她低頭看了。

那應該……應該不是人吧？最少不是活著的人。理論上，他像是在呼吸，發出呼嚕嚕的聲音。透過微弱的光，他的眼睛非常亮，非常大。或許眼睛會這麼大，是因為他的眼瞼已經爛到沒有了。

一個糜爛到發出屍臭，卻會呼喚，並且趴在地上抓住她腳踝的死人。

她該尖叫、逃跑，最少也該昏倒。但是她什麼都沒有做，只是呆呆的盯著那個會動的死人，看著他從腳踝摸到她小腿、腰，扶著她的肩膀，用一種不自然的姿勢，像蛆蟲一樣扭曲著站起來。

面對她站著，發出呼嚕嚕的聲音。氣體從脖子上汩著綠水的大洞湧出來，幾乎可以從巨大的傷口看到頸骨。

腐朽、死亡的氣息。

「娜雅。」他又呼喚了一聲。

像是被名字束縛，她被亡者呼喚，蠱惑了。

我該做些什麼才對。難道要這樣呆呆的等待死亡的降臨？她天性裡根深蒂固的堅韌抬頭，試圖掙脫這種蠱惑和束縛。但她只能夠稍微動了動手指，不再緊張的握拳。

她觸碰到口袋。隔著薄薄的布料，口袋裡發出一陣陣的溫暖，緩和了亡靈刺骨的寒意。

口袋裡……我裝了什麼？

一些硬幣，一張捷運卡，還有……阿媽給她的護身符。

用盡全身的力氣，她將手伸入口袋中，掏出那只溫暖的護身符，用力的按在死人的臉上。那個普普通通的護身符，卻像是一塊炭火，將死人的臉灼燒出一個洞，在他尖銳得幾乎撕碎靈魂的尖叫中，娜雅掙脫了束縛，將他用力一推，轉身想要跑，卻忘了自己的腳傷，重重的摔在地板上，她這一跌，打翻了放著頭顱的架子，透明大瓶子砸碎，冒出刺鼻的福馬林味道。

顧不得滿地玻璃渣和傷口，她連滾帶爬的從夾層樓梯跑下去，手忙腳亂的按下開關，讓樓梯收起來。

我要逃走，我不要死。更不要這麼莫名其妙的被個死人抓走。

忍住劇烈的腳痛，她衝向大門，卻發現大門被鎖起來了。她用力的搖撼幾下，發現鎖得這麼死。

鑰匙。我需要鑰匙。我把鑰匙收到哪裡去了……

「妳在找這個嗎？」溫柔的聲音響起。

她回頭，發現房東和房東太太都在客廳，手裡拿著她的鑰匙。樓上乒乒乓乓，死人發出驚人的囂鬧。

「為什麼要逃呢？」房東太太的聲音很困惑，「漢生很喜歡妳。難道妳不喜歡他嗎？但是其他女孩都喜歡他，沒有反抗。」

「他是個傷腦筋的孩子，對嗎？」房東笑笑，「他只吃喜歡的女孩。小的時候挑食也就罷了，變成這樣了，還是一樣的挑食。」

「……放我走。」娜雅突然發怒起來，因為極度的恐懼、驚嚇，反而湧起無比的怒氣，「我做了什麼壞事？為什麼我要面對這種命運?!」

「那漢生做了什麼壞事?!」房東揚高聲音，「他一直是個善良的孩子，但他卻死了！」

「他一直在生病，一直很痛苦！」房東吼著，「我們用盡一切的辦法，他還是死了！妳知道我們有多傷心嗎？他是我們唯一的孩子，唯一的！」

「親愛的，別激動。」房東太太安慰著他，「他到底還是回到我們身邊了。別嚇著了娜雅，若是嚇壞她，肉會變酸，不好吃了。」

房東先生冷靜下來，「妳說得對。老婆，去叫漢生下來。雖然還是太瘦，叫他將就點。他喜歡先吸點血，等她不動了，我們再扛去三樓處理。」

娜雅瞠目看著他們，看他們像是在討論菜單一樣討論自己。「……你們瘋了？你們縱容一具殭尸吃人？」

「他就算是殭尸，也是我們的孩子。」房東太太冷冷的回答，湧起一個溫柔卻殘酷的微笑，「讓孩子吃飽是應該的。」

她想逃，卻被房東先生抓住。她拚命掙扎，卻挨了房東先生一個耳光。「我不想對妳動粗。」房東很慈祥的說，「安靜點，忍一下就過去了……並不會太痛苦。」

「那麼愛他，為什麼不當他的盤中飧?!」娜雅徒勞的掙扎，「為什麼是無辜的人？為什麼是我們？」

我們……她想到樓上那三個淒慘的頭顱。「你們吃了人，還保留死者的頭顱做什麼?!」

「漢生喜歡。」房東先生將她捆起來，「若不是她們試圖警告妳，也不用縫住她們的眼睛和嘴巴。她們都太多事……希望妳將來不會這麼多事。」

所以她們叫我滾。所以她們顯示她們淒慘的末路給我看。

「你們不是人。」娜雅發起抖來，半是恐懼，半是憤怒，「你們根本是魔鬼，不是人了！」

「只要漢生好好的，是不是人都無所謂。」房東將捆得結結實實的娜雅扔在沙發上，「既然神明不救漢生，當魔鬼也沒什麼不對！」

房東先生深深吸了幾口氣。之前漢生可以自己處理，他和老婆需要的只是將肉支解洗淨，分成幾包放在冰箱，等漢生想吃的時候就可以吃。

這一次卻特別費手腳。他年紀有一些了，實在感到有些疲倦。等了一會兒，樓上依舊嘶鬧，但是老婆卻久久沒有聲音。

「老婆？」他遲疑的喊，低頭看看還在掙扎的娜雅，確定她不會掙脫，房東走上樓，「老婆，妳在做什麼……？」他的臉孔馬上轉為蒼白。

他的妻子大張著眼睛，躺在兒子的房間地板上，脖子上有著撕裂的大洞，汩汩的流著血，已經沒有呼吸了。

漢生抓著兩個將他幾乎纏死的頭顱，地上摔碎著一個，暗紅和慘白的液體混在一起，將溼漉漉的長髮黏成一團。

「老婆，老婆！」他慘呼，「妳怎麼了？老婆……」

他喊到一半，突然沒了聲音。他的脖子被長長的、溼漉漉，瀰漫著福馬林味道的頭髮纏住。他雙眼突出，徒勞無功的抓著，卻被越勒越緊，最後舌頭吐了出來，痛苦的空抓幾下，活生生的勒死了。

臨死前，他看到那個摔碎的頭顱微微的笑了起來。被縫住的嘴扭曲含糊的吐出幾個字：「我們也是人家的女兒……」

他死了。

房東的死似乎刺激到殭尸，他吼叫兩聲，將兩個頭顱用力摔在天花板上。長長的黑髮無力的鬆弛下來，靜止不動了。

他摸了摸死去的雙親，又吼了幾聲。但是悲傷壓抑不住食欲，他蹣跚的爬起來，一跛一拐的往樓下走去，拖著不自然的腳步。

趁著轟鬧，娜雅焦急的扭動，用腳踹倒了茶几，打破了玻璃杯。不知道被扎了多少下，她終於磨斷了童軍繩，爬了起來。大門被鎖，前後都是鐵窗……

三樓跳下去，不知道會不會死？

但是得經過二樓……會不會反而自投羅網？她想起，家裡有兩道樓梯。一道是直接通到二樓，不用經過客廳，另一個是房東用的，是個螺旋鐵梯，可以從廚房走到三樓的洗衣間。

當初她不知道為什麼要這樣設計，現在想想……大概是方便處理她們這些「食物」吧？

她像是看到一絲希望，奮力拖著疼痛的腳，爬上螺旋梯。

然後，她聽見了，如影隨形般，拖著腳，輕輕的腳步聲。她怕得幾乎癱瘓。手腳並用的爬上去。

曾經想過，自己可能會因為老、因為病，因為種種天災人禍而死。但她從來沒有想過，很可能會被吃掉，留著頭顱泡在福馬林裡頭。

這讓她多了一些勇氣，手腳更靈活一些。不管多恐怖，多害怕，她就是不願意被人吃掉。

摔死和被吃掉，她寧可選擇前者。

等她奔上三樓，跑向樓頂，她暗暗鬆了口氣。再幾步路，再幾步路她就可以逃生了。只要跑過樓頂，跳下去。

她跳了。攀著矮矮的圍牆，她準備鬆手，就算死也是全屍吧……

但是想像中的墜落沒有降臨。她的左臂一陣劇痛，幾乎不像是自己的。殭尸長而烏黑的指甲從她的上臂掐進去，因為重量，也可能是因為溼滑的血液，他沒有抓緊，長而烏黑的指甲在她手臂劃出極深的傷痕……流出很多很多的血。殭尸吼叫著，為了將要失去的食物不甘。他充滿屍臭的唾液和發出黴綠的膿血，也這樣滲入了娜雅的傷口。

娜雅掙扎了幾下，卻始終掙脫不了他的掌握。最後一點一滴的，被提上去。

殭尸腐爛的臉，在她眼前成了一個恐怖的大特寫。那個護身符居然還黏在他臉上，腐蝕出一個無法癒合的洞。

「我寧可摔死。」娜雅低低的說。將手伸進口袋，她偶爾會抽菸，身上帶著打火機。抱著一種暴烈的決心，她用打火機點燃了殭尸臉上的護身符。

護身符裡頭的茉草發出奇異的香氣，讓殭尸發出淒慘的叫聲，並且鬆手。在墜落中，娜雅看到殭尸像是一截腐朽的木頭，被火焰吞噬、燃燒。

該說幸還是不幸，她摔到一樓的雨篷才跌落到地上，所以沒有受到致命的傷害。

這一夜，消防車、救護車的警笛響徹雲霄。這棟三層樓的公寓燒得乾乾淨淨，只找到三具幾乎燒成灰的屍體，和昏迷不醒的娜雅。

最後娜雅清醒過來，在她的沉默中，這件案子以普通火警了結。

看起來，像是一切都落幕了。娜雅搬了家，卻不像她原本希望的與人合住，而是單獨租了一間很偏遠的小套房，孤獨並且冷漠的，上班下班。

幾乎不與人來往或者是交談。

的確，她不再聽到可怕的腳步聲，她的新家一點問題都沒有。

但是被殭尸抓傷的手臂，卻開始腐爛、乾枯，在膿血流盡之後，剩下幾根枯骨和乾硬的肌肉，意外的、不自然的強壯。

或許她的惡夢，還沒有結束。

第二話　殭尸

娜雅變成一個冷漠的人。

她長年穿著長襯衫，不論春夏秋冬，左手一定帶著手套，她工作很認真，但是卻驚人的沉默，幾乎不與人交談。

不過，也不是每個人都會遇到火災跳樓逃生，還幾乎摔爛了一條手臂。她在大火之前，還出了車禍呢。車禍後脫臼的腳踝因為跳樓的關係，很長一段時間都看她跛著走路，直到現在，她走路依舊很慢。

短期間內遇到這麼多災難，性格大變也是可以了解的。大部分的同事和上司都能夠諒解，唯獨她的母親不能夠諒解。

她的母親打手機叫她去繳房貸，她只冷漠的說了兩個字：「不要。」就掛斷手機，第二天就換了門號，等於是跟家裡切斷了音訊。

內疚嗎？本來是有一點的。但是她躺在醫院作著惡夢囈語發燒的時候，母親只來看她一次。

「家裡還有嬰兒要照顧」，她這樣跟護士說，「請多照顧她。」

醒來她覺得很悲哀，一直到出院，她的母親也沒有來接她。她吃力的自己辦出院手續，那時手臂還沒開始腐爛，還會痛。

她自己拿行李，自己搭計程車回母親的家。她這樣一個病人，睡在客廳裡，母親對她非常冷淡。

母親一直都很辛勞、疲倦。她要照顧這麼大一家子，現在還要照顧下一代。她沒有心力照顧一向乖巧聽話的女兒，或許她也會內疚，但是無能為力。只好用冷漠當面具，希望女兒不要跟她需索什麼，因為她已經累壞了。

睡了兩夜的客廳，她打電話跟公司預支了一個月的薪水，一跛一拐的去找了房子，她的行李早就在大火中燒光了，搬家倒是輕鬆簡單。

她不會向母親需索任何東西，不管是憐憫、愛護，還是任何物質上的享受。但她變成這個樣子……她必須要存一點錢在身邊，因為不知道什麼時候，她很可能連大門都出不去，她就得靠積蓄過日子。

是的，她的手臂腐爛了。被殭尸抓傷的手臂，漸漸麻木，失去痛覺。從傷口開始腐化、流膿，當膿血流盡，手肘的地方已經爛穿見骨，剩下乾硬的肌肉，附著在雪白的臂骨上面。

原本她是驚駭的，害怕到不敢睡，害怕自己突然變成殭尸，當然更不敢去看醫生。但是漸漸的，她變得漠然，用一種絕望的平靜，看待自己漸漸腐爛的事實。

總之，已經停止腐爛，也不會痛了，不是嗎？她的左臂變得異樣的強壯，可以輕而易舉的拿起她絕對不可能拿起的重物。只要她用衣物蓋起來，不要談戀愛、結婚，就不會有人發現她的祕密。

一切都跟以前沒有什麼兩樣。

她消極的面對肉體上的異變，盡力讓自己過著平常的日子。只有在洗澡的時候，她才被迫面對陌生的左臂。原本她可以當作什麼都沒有發生，過著她平凡單調的生活……

但在事情發生的第二個月，她對著鏡子看著自己左臂時……發現原本完好的左肩，出現了一個暗紅的瘢痕。肌肉失去了彈性，按下去一個凹痕，許久許久才漸漸恢復。

對著鏡子，她看著自己，很久很久。

然後發出一聲悲痛的尖叫，她將手裡的梳子用力的砸向梳妝鏡，撲在床上想要痛哭一場。

讓她更悲哀的是，她只剩下右眼流得出眼淚，左眼冷漠的乾燥著。

* * *

她每一天都有新的變化。雖然緩慢，卻一點一滴的侵蝕。她的眼淚越來越少，即使想哭，也掉不出眼淚。

漸漸的，她開始喜歡吃牛排，而且越生越好。驚覺自己口味上的改變，她反而戒掉肉食，改成吃素。

盡量不與人接觸，也盡量不發怒。或許因為她是個頑固而堅韌的人，所以用一種困獸的勇氣，對抗自己的種種變化。

就像我不想被吃掉，我也不願意去吃掉任何人。她默默的、蠻橫的堅持著。我是人類，活著是人類，就算爛光了，面目全非，我還是人類。

她忍耐著，非常堅忍的忍耐著。她知道自己的身體出現了一些變化。比方說，她的左耳可以聽到很遠的細微聲音，左半邊身體的反應比右半邊靈敏許多倍，這讓她常常因為失衡而跌倒或撞倒什麼，但她在努力協調和適應。

最少，她還活著，不是嗎？

她以為自己已經接受了事實，但她發現，她錯了。

某天，她揉著右眼，只用左眼看的時候……她看到了，絕對不會被看到的「裡世界」。

顫顫的遮住右眼，她看到了許多的幽靈亡魂，飄飄忽忽的遊蕩著。她甚至看到街上原本普通的行人，有的獸面，有的長角，甚至有尾巴。更有一些人……讓她驚恐的倒抽一口氣。

熟悉的、腐爛的氣息。就在她眼前五、六步，爛得面目模糊的男人，對著他身邊的女人微笑。

她放下手，這個世界又恢復了原本的模樣。普通而平常，充滿陽光和生命。

那個原本爛得面目模糊的男人，恢復了光滑的臉孔和英俊的五官，對著他身邊的女人微笑。

要不就是她要瘋了，要不然就是……人類的眼睛欺騙了她，但鬼的眼睛沒有。

那對男女親密的互相摟著腰，悠閒的從她身邊走過。

遲疑了一下，娜雅悄悄的跟了上去。她一定要知道，到底是她瘋了，還是她看到了真正的真實。

她謹慎的跟著他們，從熱鬧的大街，直到冷僻的小巷。

「來這兒做什麼？好髒唷……」女人撒嬌的抱怨著。的確，這個僻靜的巷子座落在城市的角落，兩旁的大樓遮得幾乎不見光，滿地輕輕飛揚的垃圾。

「……這裡，才不會有人打擾我用餐呀。」男人笑著。

「你好壞唷。」女人捶了他一下，吃吃的笑，「那幹嘛不去旅館？在這裡多沒情調……」

「這邊收拾廚餘才方便呀……」

女人的微笑凝結，臉孔扭曲，尖叫起來。他眼前的男人迅速腐爛、猙獰，露出尖銳的獠牙……

只離女人粉頸幾公分，男人的頭髮被拽住，他憤怒的吼叫，卻發現了同類的氣息。

另一隻殭尸？

「還不快走！」娜雅氣急敗壞的對著女人吼，那女人呆若木雞的站著，然後軟軟的暈了過去。

糟糕。娜雅心裡暗暗叫苦。她本來是普通的女生，打架什麼的一概不會。剛剛是情況緊急，想也沒想，伸出左臂就抓住男人的頭髮。被男人反手打了一掌，她心頭一怯，就鬆了手。

逃跑？未必逃不掉，但是暈倒在地上的人怎麼辦？打？她怎麼打得過一隻怪物？

「幹嘛礙我的事?!」那個怪物罵了起來，「搶食物也不是這樣搶的！同樣都是殭尸，滿地都是食物……」

「……你是殭尸？」娜雅呆呆的問。

「妳沒長眼睛？」那隻殭尸沒好氣，「妳不也是？唔……妳剛醒沒多久吧？去去去，剛剛清醒的新屍跟老屍搶什麼食物……」

「你是人類死掉以後變成的殭尸？」她不敢置信的問，「你也曾經是人類，然後又吃人類？」

那隻殭尸呆了呆，像是被刺痛了。「又怎麼樣？老子餓了就是要吃！輪得到妳來對我說教?!」

他一爪抓了下來，娜雅笨手笨腳的躲開，心裡滿滿的是新的憤怒和悲哀。

吃吃吃，人活在世界上，不是只有吃這件事情。生前如此，死後也是如此。「你不知道你吃的……也是別人家的女兒嗎?!」

她想起那三個慘死還想盡辦法警告她的可憐冤鬼，生前死後都遭受到殘酷無比的待遇。她壓抑了許久的悲傷和憤怒一起爆發起來，發出尖銳的叫聲，揮著左臂抓了過去。

或許是她太拚命，也或許是那隻殭尸輕敵太甚，娜雅在狂怒中，單手扼斷了殭尸的頸子，讓他軟軟的癱了下來。

這是她第一次殺生。就算殺的是妖怪，她還是深深的戰慄發抖。她想哭，但是沒有眼淚。

將來我該怎麼辦？我會不會也變成這樣的怪物？或者，我該結束自己的生命？

但如果死了又復活，清醒過來，會不會連一絲理智都不存在？

用右手蒙住臉，她跪在地上。

「妳如果不砍下他的腦袋，等等他就爬起來，休養個兩天就好了。」她身後出現了蒼老嘶啞的聲音，她淚眼模糊的抬起頭，是個頭髮鐵灰，有點駝背的老太太。

但等她走近一點，才發現她半張臉溫潤如玉，另外半張臉卻縱橫著疤痕，萎縮扭曲，像是鬼魅一般。她應該年紀很輕，但也說不定。

因為她的眼睛非常滄桑。

撐著拐杖，她吃力的走過來，仔細端詳娜雅的臉孔和乾枯的左臂，點了點頭。她將拐杖裡頭的刀拔出來，飛快的砍下殭尸的頭。

那原本癱軟的殭尸，發出臨終的悲鳴，乾枯而風化，什麼都沒留下。

「孩子，」她溫柔的喊，「妳是殭尸呢，還是人？」

「我是人。」她像是要哭出來，「不管變成什麼樣子，我都是人。」

有著半張鬼臉的少女再次點點頭，笑了笑。「跟我來吧。只要妳還有人的心，我就承認妳是人類。這世界上有太多妖怪，披著張人類的皮。在我看起來，我們比他們好太多了。」

* * *

她跟隨了這個「少女」，雖然她年紀實在很大了，但她會自嘲的說，自己是半個天山童姥，只有半張臉是。

娜雅喊她老師，知道她的名字叫做「殃」。很久很久以後，她才知道老師姓林。她知道的也就這麼多。雖然一個充滿災禍的名字很奇怪，但娜雅從來沒有問過。殃也不曾提起自己的過去，只輕描淡寫的說，她的臉也受屍毒所害，在那次意外中，她也損失了大半的健康。

但是她對醫療的確有一手。娜雅私下猜測，她原本可能是個醫生。她控制住自己的腐壞，也解決了娜雅肩膀上暗紅的瘢痕。沒辦法治癒，但是不再擴散。

妳運氣好。殃淡淡的說。妳算是治得早，所以還保留大部分的完整。許多殭尸等學會怎麼控制腐爛時，已經剩沒多少好皮好肉了。

殃說，世界上的殭尸數量並不是很多。大部分是行屍，也就是活死人。他們沒有智識，居住在墓地，像是鼴鼠般生活著。大半的時間都靜止不動，偶爾出來覓食，也只是挖挖墳，吃吃屍體，並不會主動攻擊人。有人稱他們食屍鬼，其實算是抬舉了。他們是因為地氣所感，死而復生的退化性動物，沒有什麼威脅性。

然而殭尸，就是另一種產物了。

要形成殭尸，需要有保存完好的屍體、天精地華，缺一不可。除此之外，還要有頑強的心願和執念。執念越強烈，智能保存越多，也越強大。殭尸原本是人類死後甦醒的結果，也可以用人類的方式修煉。但大部分的殭尸都拋棄這種麻煩又漫長的途徑，直接經由採補——這是好聽的說法，事實上就是吃人，來完成自己的修行。

「妳和我，」殃心不在焉的說，「就是介於人類和殭尸之間的東西。我們被感染了屍毒，開始腐爛，卻沒有死。說起來我們自由度最大。想用人類的方法修煉，雖然不成正果，上百年不成散仙，也是大妖；若是順從食欲吃人，也比智能殘缺的殭尸修煉得快，說不定戾氣夠了，還能修成金毛犼。這可是僅次於聖獸的強大妖獸呢……某隻金毛犼還是神明的座騎。」

她頓了一下，露出一個諷刺的笑，「妳想選哪條路？」

娜雅奇怪的看她一眼，「我是人類。哪條路我都不要選。」老師的口吻讓她不安，她試探性的問，「那，老師，妳選了哪條路？」

「哼哼，」殃冷笑幾聲，「我若選了什麼路，還會放著讓臉一副鬼樣？都太麻煩了，我不要選。」

她用一種散漫的態度訓練娜雅，坦白說她並不是個好老師。她總是帶娜雅去「出任務」，巡邏整個城市，教她怎麼使用鬼眼。給娜雅一把刀，教她怎麼砍掉殭屍的腦袋，然後就在一旁拄著拐杖，揉著疼痛的腰，抱怨自己年紀大了。

好幾次娜雅險些被凶惡的殭屍殺死，她還是在一旁看著，要娜雅別撒嬌。

在一次次的戰鬥中，娜雅從不知所措的驚慌中，漸漸冷靜下來，從生疏到嫻熟。她漸漸的能夠獨立作業，無須老師在旁邊看守。

殃漫不經心的誇獎她。「妳知道的，我不覺得可以拯救世界。但這城市是咱們的地盤，總不容其他殭尸在這兒打獵，妳說是嗎？吃不吃是一回事，地盤可不能隨便給人。」

娜雅皺了眉，「……老師，妳說得像黑社會似的。」她不喜歡地盤啊，吃不吃的。「而且我是人類，現在是，將來也是。」

殃點了點頭，望著她，若有所思的。「其實呢，我並不想收弟子。」短促的笑了一下，「第一次看到妳，我想乾脆的殺了妳算了，省麻煩。」

娜雅瞪大眼睛。

「但妳倒很知道自己是誰，想做什麼。很難得，這很難得。或者說很笨。」殃笑了，只有半邊臉有表情，讓她看起來像是在冷笑，「但我找妳這樣的人很久了，孩子。我希望妳答應我一件事情。」

「什麼事情？」她小心翼翼的問。

「若我死了，把我的頭砍下來。」殃吃力的拄著拐杖，一跛一跛的走向房間，「別讓我醒過來。妳知道我有潔癖，死後成了殭尸多丟人。」

「……好。」娜雅呆了一下，「老師，若我先死……」

「我會把妳的頭砍下來，妳倒不用擔心了。」殃走回房間，關上門。

娜雅坐在客廳裡發呆了很久，拿出鋒利的刀擦拭著。只有在家裡，她才敢穿著短袖走來走去。

她的左臂乾枯，手肘見骨。怎麼看，都不是人類的手。

「我是人類。」她喃喃的說，「不管我變成什麼樣子，我是人類。」

她走到冰箱，拿出一罐鮮紅的液體。這是血漿。老師要她每天喝一點，不要過度壓抑食欲。壓抑過度反而爆發的時候，她離殭尸的道路就很近很近了。

她喝了一口，嘴角滲出一點點血。憂鬱的望著夜空。

即使現在她有能力反抗、甚至殺死殭尸，她依舊會讓惡夢糾纏著。那可怕的腳步聲，依舊用種無聲無息的方式，改寫了她的命運。

後話

娜雅講了很久的故事，那女孩呆呆的望著她。

「……真的嗎？」她退縮了。

「真的。」娜雅脫下長襯衫，拿下手套，露出乾枯的左臂，「這就是我的祕密。」

「……怪物。」她往後退，尖叫起來，「妳也是怪物！妳跟那些跑到我家來的東西一樣，通通都是怪物！出去！這是我家，我家！」

「巧鈴，妳照過鏡子沒有？」娜雅溫柔的問，「妳照過了嗎？」

「出去！我不要照什麼鏡子，鏡子裡面也是怪物！」她不斷的狂叫，「爸爸變成怪物了，媽媽也變成怪物了，你們都是外星人對不對？你們通通一起來騙我，來騙我！」

她全身不斷顫抖，咬牙切齒的，「我不要被吃掉，我不要被吃掉……我不要！」

她撲了上來，腐爛冒著膿血的手指上面有著烏黑的長指甲。

娜雅的眼中露出一絲不忍，左臂敏捷的一揮，將她打飛出去，「巧鈴，妳是人類對不對？」

「我當然是人類！」她尖叫，「你們不是，你們通通是怪物！殺了你們，吃了你們！」

如果可以，她很想救這個小女孩，真的。就像當初老師救了她一樣。等老師過世了，娜雅會砍下她的頭，讓她免於變成殭尸的侮辱；娜雅也想要收一個弟子，將來可以砍下她的頭。

最少可以讓巧鈴脫離這種可悲的宿命。

「巧鈴，妳不認得躺在妳腳邊的人嗎？」雖然已經屍骨不全，但卻是妳的爸媽啊。

「他們是怪物，將我埋在土裡的怪物。」眼前小小的殭尸陰霾的說，「我恨你們這些怪物，你們通通去死，通通去死——」

她張著腐爛得幾乎沒有上下唇的嘴，口裡揚著黴綠的唾液。形容非常可怕的撲了上來。娜雅閉了閉眼睛，銀光一閃，砍下小殭尸的腦袋。

她小小的腦袋飛了起來，眼角含著驚懼的淚，「……我不要死。不要把我埋在土裡……」慢慢的風化、剝落，化為灰塵。

她大約十三還是十四歲吧？是兒童癌症的病患。出生多久，就纏綿病榻多久。雖然活得這麼痛苦，她還是希望可以活下去，不想被埋在土裡。

她只看得到她想看到的景物，相信她想要相信的事情。她成了殭屍，從墳墓裡爬出來，回到家裡的第一件事情，就是把所有家人殺了個乾乾淨淨，吃得七零八落。

或許她是恨的。她恨為什麼被父母拋棄在墳墓裡，她恨為什麼只有她死了。她寧可相信所有的人都成了怪物，而不是她變成了殭屍。

娜雅真的是、真的是很想救她的。

「早跟妳說了，妳救不了她的。」殃淡淡的說。

「……總要試試看吧？」

「我今年九十三歲了。」殃恍惚了一下，「只見過兩個不屈服於食欲的殭屍，妳是第二個。」

「我不是殭尸！」娜雅發怒起來，「我是人，我活得好好的！」

殃深深的看她一眼，沒有說話。

其實娜雅，早就已經死了。她被殭尸感染屍毒後墜樓，那時候應該就已經死去了吧？但人的執念，是那麼的可怕。

她激烈的求生意志和偏執，讓她死而復生，成了一隻真正的殭尸，卻完全沒有自覺。她成功的騙過自己，騙過所有的人，差點也騙倒了殃。

多少次，殃暗暗的祈禱，祈禱是檢查報告出錯，她年輕的弟子只是感染了屍毒，並不是殭尸。

但她失望了。她失望乃是害怕娜雅知道真相的時候，不知道會多麼絕望。

為什麼是我們？為什麼？為什麼我們會遇到這些事情，為什麼？

我們，都陷身一個巨大的惡夢之中，永遠都不會清醒。

現在殺了她吧？殃忖度著。殺了她對她比較好，最少她不會在理智淪喪的時候，成為別人的惡夢。

像是感應到她的殺意，娜雅停下了腳步。

「老師……」她的聲音緊繃。

「嗯？」映冷漠的回應，警戒起來。

「請妳……走我前面好嗎？」她回頭，年輕清秀的臉孔顯得分外脆弱，「我害怕身後的腳步聲。」

「……扶著我。我腰痛的很。」她伸出手。

柔潤而冰冷的手，映握著她年輕的弟子，感傷的眼淚，幾乎奪眶而出。

路還很長，而她們的惡夢，也還沒有清醒的那一天。

（腳步聲　完）

作者的話

這部驚悚小說的雛形來自我自己的經驗，我曾經簡單的寫過「驚喜」系列的極短篇靈異體驗。

再次聲明，我不是什麼陰陽眼，我看不清楚也聽不清楚，是個很尷尬的，處於「灰色地帶」的人。比起普通人，多那一點點沒有什麼用的「感覺」，比起真正的大師，我又等於什麼都不知道。

我在外租屋將近七、八個年頭，常常悲傷的覺得，我的才能大約是把普通房子住成鬼屋。身體越差，氣越虛，越容易撞見這類的事情。

當時我住在某大學附近，那排的公寓住滿了學生，除了我住的那一棟。

房東很客氣，房租也很便宜，但是很奇怪的，整棟二、三、四樓總共十二個房間就住了我一個。

但是左右也同樣是出租公寓的，卻都住到爆滿。

那時我在台北工作，通勤非常累，每天回家只有上頂樓洗衣服晾衣服的力氣，也沒時間想太多。

但是很神奇，每天我要去晾衣服的時候，樓梯的燈會從二樓亮到四樓，我還在心裡很稱讚，沒想到外表這麼古板的房東，倒是非常高科技，還有感應式照明咧。

（廢話，當然不是這麼回事。）

後來開開關關的機會越來越多，有時候我正在晾衣服，會突然伸手不見五指。我會氣悶的摸到牆壁的燈再打開……但是等我要下樓梯又關燈了。

所以我乾脆自備手電筒，省麻煩。

我住進來第一天，住在一樓的房東先生就跟我說，我對門是他兒子的房間，別打開。

（我沒事開別人房間幹嘛？）

住在那邊的時候，我剛好身體很差，一直在感冒。人的氣一旦虛，就不太好了……

先是聽到有人在門外走來走去，打開門，又不見人影。這時候我只在心裡暗罵一聲，又遇到了……

但是人不犯我我不犯人。不理她不理她……但是不理她反而越來越過分，乾脆站在我門口哭。

哭一天兩天，我忍；三天四天，我忍……結果我重感冒請假在家休息，她膽子真是大到包天啦！居然跑到我房間唱起五子哭墓外加孝女白瓊啦！

被子拉起來矇住頭不想理她，我的媽……她乾脆爬到我身上滾著哭了！

我真的忍不住啦！等我能起床了，馬上忿忿的去買了米和鹽，屋子四角都撒了，順便連門縫都撒了一行。

沒錯，她進不來了……但是她給我趴在窗戶繼續哭給我聽！這……

怕？我倒不是有什麼怕的。當時我養的貓比較可憐，那陣子牠嚇個半死，每天尾巴蓬得跟松鼠一樣。

三個月後，我終於受不了搬家了。

我向來同情女性，但是我實在受不了只會哭的女性。

我自己覺得沒什麼，但是聽我說故事的朋友都嚇得幾乎哭出來。我不懂這有什麼好怕的……（遠目）

後來編編跟我邀稿，我就想起了這段經歷。當然啦，照實寫就沒什麼好看的，當中加油添醋甚多，但我使足了力氣，還是覺得不可怕……

或許我沒有寫驚悚小說的才能。（泣）

＊　＊　＊

不過這本我還是寫得很過癮。我從來沒有寫過偵探小說，所以這樣懸疑的安排，算是一種偵探小說型的熱身運動。算是一種新嘗試，結果還算是滿意的。

當然，希望讀者也會喜歡。

依舊歡迎來到我的部落格。

http://seba.tw/

http://seba.pixnet.net/blog

國家圖書館出版品預行編目資料

姚夜書 / 蝴蝶Seba著.
-- 初版. -- 新北市 : 雅書堂文化, 2016.06
冊 ; 公分. -- (蝴蝶館 ; 72-73)
ISBN 978-986-302-307-4(上卷 : 平裝)
ISBN 978-986-302-308-1(下卷 : 平裝)

857.7 105005846

蝴蝶館 73

姚夜書 下卷

作　　者／蝴　蝶
發 行 人／詹慶和
總 編 輯／蔡麗玲
執行編輯／蔡毓玲
編　　輯／劉蕙寧・黃璟安・陳姿伶・白宜平・李佳穎
封　　面／斐類設計
執行美編／陳麗娜
美術編輯／周盈汝・韓欣恬

出版者／雅書堂文化事業有限公司
郵政劃撥帳號／18225950
戶名／雅書堂文化事業有限公司
地址／新北市板橋區板新路206號3樓
電子信箱／elegant.books@msa.hinet.net
電話／（02）8952-4078
傳真／（02）8952-4084

2016年06月初版一刷　定價220元

總經銷／朝日文化事業有限公司
進退貨地址／新北市中和區橋安街15巷1號7樓
電話／（02）2249-7714
傳真／（02）2249-8715

Seba · 蝴蝶

Seba・蝴蝶

Seba · 蝴蝶

Seba・蝴蝶

Seba・蝴蝶

Seba·蝴蝶